CLOÉ KORMAN

LES PRESQUE SŒURS

roman

ÉDITIONS DU SEUIL
*57, rue Gaston-Tessier, Paris XIXe*

L'auteure remercie le Centre national du livre.

ISBN 978-2-02-142763-9

www.seuil.com

À la mémoire de Mireille,
Jacqueline et Henriette Korman.

À ma sœur, Esther.

Montargis

Certaines histoires sont comme des forêts, le but est d'en sortir. D'autres peuvent servir à atteindre des îles, des ailleurs. Qu'elles soient barques ou forêts, elles sont faites du même bois.

Je ne sais pas de quelle sorte est celle qui commence ici.

Un jour, ma sœur a sonné à la porte d'un immeuble qui se trouve juste en face de chez elle, à Paris. Une voix de femme lui a répondu. Ma sœur a prononcé son nom dans l'interphone et, sans rien demander de plus, la femme lui a dit : « Montez. »

L'immeuble s'ouvre par un portail en métal forgé, sous un visage en pierre ailé et barbu. L'adresse est dans les Pages blanches. Ma sœur s'attendait à toutes sortes d'embûches pour la trouver, mais il n'y en eut aucune.

Elle est revenue souvent. Elle voulait savoir tout ce qu'elle pourrait sur les trois petites filles. Et, bien que la femme les ait connues il y a très longtemps, elle était d'accord pour lui en parler.

Avant cela, de notre côté, nous en savions si peu. Nous connaissions seulement la fin. Mais en allant la voir dans cet immeuble à quelques mètres de chez elle, dans sa rue, ma sœur a réussi à lier entre elles les rares choses que notre famille possédait : des photographies, des lettres. Puis d'autres choses qu'elle a trouvées plus tard : les actes de naissance, et les registres d'incarcérations successives. Tout ce qu'elle a pu réunir en un récit qu'elle a écrit, et qu'elle m'a confié.

L'histoire commence bien avant l'âge du premier souvenir, quand la femme est encore un bébé, dans un berceau. Le berceau n'est pas dans la maison de ses parents mais dans une autre, où on l'a placée. Le visage qui se penche sur elle n'est pas celui de sa mère. Trois autres petites filles sont avec elles, dans cette maison qui n'est pas la leur. Leurs parents aussi sont absents.

Le 9 octobre 1942, Anne-Laure Mourgue a été forcée de préparer les trois petites. Mireille, qui est l'aînée, a dit à ses sœurs de mettre leur manteau et elle s'est occupée de lacer les chaussures d'Henriette, qui n'a que trois ans. Jacqueline, celle du milieu, refuse de lâcher la main de madame Mourgue. Celle-ci a sorti deux valises où elle a essayé de caser tout ce qui leur appartient encore.

Les trois enfants ont ces prénoms démodés qui doivent pourtant sonner alors comme de l'eau fraîche. Mireille est née Mira mais l'accent d'origine de ses parents, inscrit à son état civil, a vite été dissimulé sous ce prénom d'usage. Celui de Jacqueline aura un bel avenir, Jacqueline est très bien pour un film de Claude Sautet, pour la génération suivante que Jacqueline n'engendrera pas, c'est un nom idéal d'épouse ou d'entremetteuse pour la France d'après-guerre. Henriette porte son diminutif posé comme une couronne un peu de biais sur son prénom, et ça la fait cligner de l'œil. Elle regarde avec un étonnement si profond qu'il désavoue tout ce qui se passe autour d'elle.

Mireille dit à ses sœurs des paroles de consolation qu'elle a dû emprunter aux adultes, des « Soyez sages », « Tout va bien se passer ». Elle se penche et boutonne le manteau d'Henriette qui s'était rebiffée tout à l'heure mais qui se trouve à présent immobile au centre du salon. L'épaisseur du manteau de laine maintient ses bras légèrement écartés tandis que ses petites mains restent ouvertes à ne pas savoir quoi faire. C'est une époque dont on ne peut pas deviner les couleurs sous le sépia universel, où l'on habille les enfants un peu plus chic qu'aujourd'hui, comme de grandes personnes. Cela se passe avant que d'autres enfants à l'autre bout du monde ne fabriquent à la chaîne des survêtements en polyester ou en lycra, des blousons en nylon zippés, des baskets en faux cuir – donc je dirais bleu pâle ou rose pâle, le manteau, ou toute autre couleur salissante à faire se damner leur mère. Comme Jacqueline demande si elles vont revoir les parents, Mireille qui n'en sait rien répond à sa sœur cadette « oui » puis, cherchant en vain une confirmation sur le visage de madame Mourgue, « bien sûr ».

Dans la pièce il y a aussi le bébé, une petite fille qui s'appelle Madeleine. Madame Mourgue va régulièrement lui jeter un coup d'œil. Elle dort. Son sommeil s'étire avec une précarité de nuage dont on sait qu'à tout moment la douceur peut se déchirer. Tant qu'il dure, il permet à madame Mourgue d'envisager de la laisser seule tout à l'heure, quand il faudra descendre avec les trois autres. Elle ne peut pourtant pas s'empêcher d'aller la voir. Tantôt elle lui remet son chausson, tantôt elle rajuste la couverture tricotée sur ses épaules ou écarte une mèche de ses cheveux – ces gestes inutiles et précieux que l'on fait pour s'autoriser à s'approcher d'un bébé, le regarder dormir.

Anne-Laure Mourgue est une femme de quarante ans, une brave femme, comme on dit sans doute en ce temps-là d'une personne qui prend autant de soin de quatre enfants qui ne sont pas les siens, en plus de son métier de commerçante, et en l'absence de son mari qui a dû se cacher parce que juif. Suivant la casuistique sophistiquée des lois de Vichy, sa qualité de femme non juive, mais épouse d'un homme juif, l'a rendue éligible à être l'hôte d'enfants juifs dont les parents ont été raflés au mois de juillet.

La maison d'Anne-Laure Mourgue était en plein centre-ville, au 81 rue Dorée. Je suis allée la voir. Aujourd'hui derrière la vitrine on vend des chaussures orthopédiques, des pantoufles et des baskets. L'endroit n'a pas dû beaucoup changer, la rue est restée une rue commerçante. Monsieur et madame Mourgue, avant que monsieur Mourgue ne décide de se cacher dans les jours qui suivirent les arrestations de juifs travaillant à l'usine voisine, exerçaient le métier de tailleurs. Ils avaient cette boutique au rez-de-chaussée, et leur appartement était au premier étage.

Les militaires allemands arrivent devant la boutique en compagnie d'Isidore Lévy, le marchand de bestiaux qui est installé près de la gare, représentant de la communauté juive de Montargis et que les habitants surnomment aussi « le vieux Zizi », comme dans une chanson paillarde. En ce jour de rafle, la préfecture a déjà recensé pour le compte des Allemands la plupart des personnes juives et leurs adresses. Les militaires peuvent arriver devant chaque porte avec une liste de cibles, citer les noms un par un, les convoquer. Est-ce que les Allemands remarquent tout de suite que le compte n'y est pas ? Madame Mourgue donne-t-elle quelques précisions sur le trousseau des petites ? Il se peut qu'elle dise aux militaires : « Je leur ai mis quelques gros pulls. » Ou que devant eux elle prononce les mots : « Les jouets sont dans cette valise-là. » Il ne doit pas y avoir trop de conversation, je suppose que personne n'insiste pour que l'échange s'éternise. Les trois petites restent calmes, elles n'ont, écrit Anne-Laure Mourgue, « ni crié, ni pleuré, prêtes à suivre » et cette précision sur leur obéissance me gêne, elle montre à quel point les petites n'osent rien, à quel point elles ont peur, à moins que cela ne soit un compliment à propos de leur bonne éducation, ce qui n'a aucune utilité dans ces circonstances. Mireille dit à Jacqueline de porter une des valises et elle se charge de l'autre. Dans sa main libre, elle met la main d'Henriette. Bientôt tout le monde est prêt, les deux soldats allemands, Isidore Lévy, Mireille, Jacqueline, enfin Henriette avec sa main dans la main de Mireille.

Le groupe s'apprête à partir, pourtant à ce moment-là un des deux militaires décide de pénétrer dans la maison, sans préavis. Il bouscule le groupe, pousse la porte et monte l'escalier en entraînant tous ceux qui étaient là, devant la vitrine aujourd'hui pleine de baskets et de pantoufles, et qui montent ou remontent à l'étage – madame Mourgue, les trois enfants, le deuxième soldat, Isidore Lévy. Arrivé le premier dans le salon, le militaire qui a eu l'initiative de cette ascension aperçoit d'un coup d'œil le bébé endormi. Il insiste pour l'emmener. Il dit qu'ils sont là pour prendre tout le groupe des enfants, et qu'un bébé est un enfant. Madame Mourgue, qui jusqu'ici avait à peu près réussi à garder son calme pour ne pas attirer plus d'ennuis que cela sur les filles, sur sa maison, sur le monde, se met à crier. Chaque mot qu'elle crie passe par la traduction en allemand de monsieur Lévy : « Elle est trop petite », « Elle a été très mal soignée chez la première nourrice, elle allait très mal quand elle est arrivée », « Elle ne fait pas ses nuits ». Est-il plus mal d'enlever les bébés que des petites filles âgées de trois, cinq et dix ans ? En quoi les enfants seraient-ils plus précieux que leurs pères et mères ? Une femme de trente-cinq ans est-elle plus indispensable qu'une grand-mère, est-il plus scandaleux de tuer les vieillards que les hommes mûrs ? Ces questions occupent les administrateurs de génocides, mais pas madame Mourgue.

Doit-on la suite à l'image pieuse accrochée sur le mur au-dessus du berceau ? Ou bien à la tempête qui s'élève de la poitrine de madame Mourgue, qui sort de sa bouche et emplit la maison ? Chaque parole prend le double de temps car il faut tout traduire, de madame Mourgue au soldat allemand en passant par monsieur Lévy, puis du soldat allemand à madame Mourgue avec retour par monsieur Lévy. Alors que les militaires s'impatientent, la petite Madeleine se réveille, elle se met à hurler de faim et d'énervement dans la langue universelle des bébés qui se passe de traduction. C'est finalement la commodité qui l'emporte, le bébé hurlant elle peut très bien s'en occuper elle, Mourgue, et de toute façon qu'est-ce qu'en ferait la Wehrmacht, d'un bébé qui fait pipi partout ?

Les enfants sortent à la suite, direction la Feldgendarmerie, en transportant les valises où se trouvent toutes les affaires qui leur restent depuis l'arrestation de leurs parents : leurs vêtements, un ou deux jouets, des poupées, quelques livres.

Dans le salon, Anne-Laure Mourgue berce Madeleine qui ne pleure plus.

Mes grands-parents voulaient adopter les trois petites filles. Mon père en est certain. Depuis leur exil en Suisse, ils ont pensé que dès la fin de la guerre, ils iraient chercher leurs nièces – nourrissant cet espoir des quelques nouvelles qu'ils recevaient par des intermédiaires. Le frère de mon grand-père et la femme de celui-ci ne donnaient plus signe de vie et il leur semblait vain d'en attendre. Mais les petites, ils iraient les chercher. Elles deviendraient leurs filles.

Dans le monde où elles deviennent ses sœurs, mon père n'existe pas. Il nous l'a toujours dit. Il en est certain parce que mes grands-parents avaient déjà une fille, Annette, du même âge que Jacqueline. Ça leur aurait fait quatre enfants et, étant eux-mêmes des commerçants laborieux et sans fortune, mes grands-parents n'en auraient pas désiré un cinquième. Mon père ne serait donc pas né en décembre 1946.

Je ne suis pas convaincue par cette idée. Je pense que les enfants naissent à leurs parents suivant des raisons qu'ils maîtrisent autant qu'eux, c'est-à-dire pas beaucoup, et rien ne dit que mon père n'aurait pas fait son apparition malgré tout dans ce chœur de fillettes. En nous disant cela il nous parle moins de lui, je crois, que de la douleur du deuil. Les mots « je ne serais pas né », dans leur répétition, sonnent comme une formule accompagnant un sacrifice, et qui aurait le pouvoir de l'inverser : moi au lieu d'elles, c'est elles au lieu de moi. Surtout, cette formule décrit son statut de survivant. Elle nous parle de la matière dont nous sommes faits, lui, ma sœur et moi, de notre sentiment d'exister dans un taillis de possibilités horribles et étranges. Dans cette non-naissance je me reconnais. Je reconnais le désintérêt parfois insupportable de mon père pour ce qui l'entoure, mais aussi quelque chose qu'il nous a donné et qui nous libère de la pesanteur, notre commune étourderie, notre capacité d'adhésion assez intermittente à la réalité. « Je ne serais pas né » fait naître dans un rêve éveillé.

En 1987, j'avais un peu plus de trois ans quand mon père est parti à Lyon. Il était un des avocats des parties civiles dans le procès contre l'ancien officier SS Klaus Barbie qui était accusé de crimes contre l'humanité, notamment comme organisateur de la déportation des quarante-quatre enfants d'Izieu, les orphelins juifs qu'il avait chassés de leur refuge pour les faire assassiner. L'intervention principale de mon père a concerné la procédure. Il a exigé que Barbie soit présent à son propre procès, alors que ce dernier refusait de comparaître et qu'il aurait sans doute fallu employer la force pour le faire venir. À l'époque, nombreux dans son propre camp ont trouvé que mon père exagérait, qu'on ne pouvait pas faire violence à un homme de cet âge, à la santé fragile. Barbie n'avait alors guère que soixante-quatorze ans, c'est-à-dire l'âge de mon père au moment où j'écris ce livre, et aujourd'hui je suis surtout frappée par le fait que ses crimes n'étaient pas si lointains.

J'ai mis beaucoup de temps à comprendre le lien entre ce procès et l'histoire de notre famille. Mon père n'en parlait pas, de la même façon que son père, à lui, n'en avait pas parlé.

Jusqu'à ce que ma propre sœur sonne à l'interphone de Madeleine Kaminsky et y prononce son nom, « Esther Korman », nous ne savions pas non plus qu'il y avait des témoins des dernières années de nos petites-cousines. Nous n'avions pas connaissance du berceau goudronné d'encre et de souvenirs qui avait traversé jusqu'à nous.

Esther m'en a parlé un jour qu'elle m'a invitée chez elle. Dans son petit appartement percé de vues sur une cour pavée envahie d'arbres et de vélos, elle m'a fait asseoir, puis elle a déplié son mètre soixante-quinze pour aller chercher tout ce qu'elle avait rassemblé, les archives, les notes, le récit qu'elle avait écrit. Elle a tout posé sur la table.

Ma sœur et moi, deux virtualités de tailles et d'allures différentes, l'une aux yeux verts, l'autre aux yeux marron, même front, mêmes sourcils, nous nous sommes penchées sur les documents, les photos, les lettres. Ma sœur a le même air que moi à cette différence qu'elle est beaucoup plus grande, elle est toute en épaules et en jambes avec une aisance, une douceur et une joie que j'ai observées tandis qu'elle se levait une deuxième fois pour aller faire bouillir de l'eau, rapporter la théière, les tasses, et je ne sais quel gâteau qui ne manque jamais chez elle.

Elle s'est rassise, puis elle a commencé à me parler de Madeleine Kaminsky, la petite dans le berceau le jour de la rafle. Par l'intermédiaire de Madeleine, il n'y avait pas que du papier, il y avait aussi des voix. Dans son sillage venaient les voix de ses trois sœurs aînées qui avaient été internées avec nos petites-cousines, pendant la guerre. Des vieilles dames qui habitaient le monde de 2019 dans des immeubles, des maisons, derrière des interphones auxquels on pouvait sonner.

On a déballé, relu tous les documents ensemble. Esther avait retrouvé des extraits d'état civil en lettres cyrilliques attestant la naissance des parents des petites Korman, Chava et Lysora – les prénoms yiddish pour Ève et Lazare – à la fin du XIXe siècle à Piotrkov, dans ce qui n'était pas encore la Pologne mais un morceau de l'Empire russe. Une grande ville, au demeurant, pas un *shtetl* obscur, bien que son nom apparût presque pour la première fois sous nos yeux. Il y avait aussi des copies de l'ensemble des actes de l'administration française où étaient réunis les noms Kaminsky et Korman aux différentes étapes de leurs arrestations et incarcérations :

d'abord les parents, en juillet 1942, puis les enfants, à partir d'octobre de la même année. Il y avait deux photos des petites Korman, ainsi que six lettres signées par Mireille, dont une, la première, datée du 17 juillet 1942, n'était pas écrite de sa main. Enfin, une autre lettre était signée « Lina », un nom que nous n'avions jamais rencontré. Elle avait été envoyée le 26 juillet 1942 depuis Drancy.

Nous avons téléphoné à mon père pour lui demander qui était Lina, et il nous a appris qu'elle était la sœur de ma grand-mère paternelle, l'aînée des dix enfants qui avaient composé sa fratrie. Lina sortait du néant en même temps que nous apprenions sa déportation. Elle donnait la mesure du silence qui habitait notre famille. Lina, morte à quarante et un ans après avoir écrit à ma grand-mère « Ne te fais pas de soucis », nous apparaissait pour la première fois à travers la voix de mon père qu'on avait mis sur haut-parleur tandis qu'on se regardait, ma sœur et moi. Elle avait fui Berlin en 1933. Elle avait cherché à se mettre à l'abri en France.

La lettre de Lina est adressée à mes grands-parents à Saint-Martin-en-Haut, le village près de Lyon où ils s'étaient cachés. Quelques jours auparavant, ils ont reçu la lettre de Mireille, leur nièce, qui les informe de l'arrestation de ses parents sans pouvoir indiquer où ils ont été conduits. Elle leur annonce qu'elle et ses sœurs viennent d'être placées dans une famille. Le temps que ces deux lettres arrivent entre les mains de mes grands-parents, environ une semaine, et compte tenu de la durée du trajet des convois pour Auschwitz, Lina et les parents de Mireille étaient déjà morts. Mes grands-parents ne pouvaient pas le savoir. Mais recevoir en moins de dix jours ces deux courriers a dû les faire basculer dans la décision de s'enfuir, de quitter la France comme ils l'ont fait au mois d'octobre 1942, pour passer en Suisse. Ce faisant, ils ont perdu la possibilité de retrouver leurs nièces.

Je suis arrivée à Montargis le 9 octobre 2019. Il y avait une bruine froide dont on ne savait si elle tombait du ciel ou s'élevait des canaux qui s'étendent partout dans les rues. Dans le train, j'avais relu les six lettres de Mireille dont les mots, une fois de plus, bien que tracés devant mes yeux, m'avaient paru inaudibles, comme s'ils avaient été frappés par un maillet contre un ballot de tissu, criés sous un bâillon. En arrivant, j'ai photographié les alentours de la ville puis la ville elle-même, à différentes échelles : les entrepôts et les usines de la périphérie, les bâtiments en brique et fer forgé de la Belle Époque, le centre avec ses maisons à colombages et l'église gothique. Puis des choses à hauteur d'enfants, les bords herbeux du Loing recueillant des feuilles mortes, des papiers gras. Je me suis rappelé en faisant ça ce qu'avait été ma vision à cet âge, quand on se fascine pour des petites choses en mouvement, insectes, brindilles, dont les formes arbitraires semblent cacher des signes, les flaques de boue, et, sur des murets de pierre, les mousses aux contours fantaisistes, velues et craquelées comme des planètes.

Le train vous dépose place Deng-Xiaoping. Sur le parvis de la gare, je suis accueillie par un groupe d'étudiants chinois gravés dans le bronze et par le panneau d'hommage à Deng. Celui-ci est venu à l'âge de vingt ans pour fabriquer des semelles en caoutchouc à l'usine Hutchinson du quartier de Vésines, dans le sillage d'autres étudiants du mouvement Travail-Études qui permit à près de quatre mille jeunes gens chinois, garçons et filles, de venir séjourner en France entre 1912 et 1927. Ceux qui avaient pris le chemin de Montargis apprenaient la grammaire auprès du professeur Chapeau et la culture française au cours de madame Dumont. On trouve dans le centre-ville l'immeuble où ils avaient leurs thurnes. Mais ce qui n'était pas prévu dans cette escapade collective est leur découverte de la pensée socialiste qui circule elle aussi dans les parages, de sorte que cette ville aux mœurs endormies n'est rien de moins que le berceau de la révolution chinoise. À l'usine Hutchinson, près de la moitié des ouvriers sont russes ou ukrainiens. Deng se frotte aux syndicalistes qui lui font lire les œuvres de Karl Marx, ce qui le démotive assez vite du banc de montage et le fait renvoyer par le contremaître. Il rejoint ensuite son camarade Zhou Enlai dans le 13e arrondissement de Paris, pour élaborer avec lui l'idéologie du communisme chinois. Restés à Montargis, Cai Hesen et sa compagne

Xiang Jingyu choisissent un des séquoias du jardin Durzy pour rassembler leurs compatriotes et exposer leurs thèses « pour sauver la Chine et le monde », avant de rédiger un courrier appelant à la naissance du Parti communiste chinois et de le dépêcher le 13 août 1920 à un ami d'enfance resté au pays, un dénommé Mao Zedong. La nuit, on pouvait croiser les étudiants chinois le long des canaux en train de boire et de rêver, de parler de politique, de la révolution russe. Leurs noms sont peints par un des leurs sur un rouleau exposé au Musée national de Chine à Pékin, inscrits d'une encre tremblée dans les rides du Loing, au fil des fragments de quais, ponts de pierre, saules ployés.

Le 26 juin 1942, l'usine qui accueillit Deng Xiaoping et Cai Hesen est la cible des premières rafles de juifs dans la région. Celles-ci concernent d'abord des ingénieurs, des hommes qui occupaient les postes les plus convoités à l'usine de caoutchouc Hutchinson, à commencer par Jacob Levinski, âgé de quarante-deux ans, un ingénieur russe ayant vécu auparavant en Palestine, et dans la même journée, son fils Dan qui est âgé de seize ans, qui vient de passer l'écrit du baccalauréat et prépare l'oral. Ils sont parmi les premiers de la région à être internés et mis dans des trains. Le convoi n° 5 dans lequel ils sont enfermés part de Beaune-la-Rolande le 28 juin, et le 30 juin ils arrivent à Auschwitz, où ils meurent tous les deux, Dan le 16 août, son père à une date inconnue, tous deux sans doute mis aux travaux forcés jusqu'à exténuation totale. Dans la petite ville de Châlette-sur-Loing, voisine de Montargis, ils laissent derrière eux leur épouse et mère, Léa Levinski, quarante et un ans, avec un deuxième petit garçon, Aimé, qui n'a que huit mois. Léa reste sur place, attendant des nouvelles de son fils et de son mari, et croyant comme des milliers d'autres femmes que les arrestations et les déportations ne concernent que les hommes valides.

Mais le 9 octobre 1942, Léa et Aimé sont également arrêtés. La mère et le bébé sont transportés à la Feldgendarmerie où ils rejoignent les filles Korman dans la villa de centre-ville réquisitionnée par les militaires allemands.

Puis, dans la pièce où patientent les trois sœurs avec Léa et le bébé, arrivent bientôt trois autres petites, que les filles Korman reconnaissent immédiatement : Andrée, Jeanne et Rose Kaminsky sont les sœurs aînées de Madeleine, qui est restée tout à l'heure à force de cris chez madame Mourgue. Elles ont été placées depuis juillet dans d'autres foyers qualifiés de demi-juifs, à la suite de l'arrestation de leur mère. Au cours des dernières semaines elles sont venues dès qu'elles le pouvaient chez madame Mourgue pour rendre visite à leur petite sœur, si bien qu'elles se sont beaucoup fréquentées. Contrairement aux filles Korman, les Kaminsky ont été prévenues à l'école de leur arrestation. Elles ont dû interrompre leur journée de classe pour retourner dans leur famille de substitution, où elles ont rassemblé les quelques affaires qu'elles avaient.

C'est une petite ville que Montargis, une petite ville de province où, après tout, il n'y avait pas tant de juifs que ça. La rafle du 9 octobre est terminée.

En début de soirée, les six filles, la femme et le bébé sont conduits cinq cents mètres plus loin, à la prison. Ce trajet les fait passer des mains des autorités militaires allemandes à celles des autorités françaises.

À Montargis, le 9 octobre 2019, je suis entrée dans la cour de la prison. Je tournais dans le quartier sans savoir exactement où elle était, quand j'ai aperçu le grillage blanc qui était ouvert, au débouché de la rue de Triqueti. Deux femmes étaient au milieu en train de tailler un platane déjà très nu, seul un toupet de branches agitait encore quelques feuilles vert et or. En dessous, une échelle. Et sous l'échelle, les deux jardinières qui me saluent, quand je les salue. « C'est ici, la prison ? – Ici c'est un centre de semi-liberté. – Ah oui, ça doit être ça, ça doit avoir un peu changé. » On bavarde. Elles élaguent, avant l'hiver. Tenues en Gore-Tex, gants de protection, une grande grosse un peu rousse avec des grains de beauté sur les joues, et une petite brune, elles ont les mêmes visages aux mentons carrés, deux sourires de chat. « Les cellules sont où ? – Là-haut tu crois ? » Elles ne sont pas sûres, elles sont ici seulement pour la journée, elles ne sont que prestataires. Leur camionnette verte est garée juste derrière : *Paul Desjardins, espaces verts, création, plantation, rocaille, arrosage automatique, clôtures*. Des branches vert et or éparses autour de nous, leurs yeux de chat, les gros gants au bout des bras et les cheveux attachés serré autour de leurs visages roses de froid. « Je peux vous prendre en photo ? » Elles se placent, souriantes, près de l'échelle, sous l'arbre.

Juste après je contourne le bâtiment, je trouve l'entrée du tribunal d'instance qui est adossé audit centre de semi-liberté. Je passe la porte en verre qui ouvre la loge des agents de sécurité, un homme et une femme en uniforme marine derrière un comptoir en bois qui sert à explorer les sacs. Ils sont obligés de m'engueuler : « C'est vous qui avez pris des photos dans la prison ? » Ils me montrent leur écran de contrôle où on me voit l'instant d'avant dans la cour, effectivement je ne peux nier que c'est moi, là : « Ah oui ! C'est moi ! » On rit. « Vous n'avez pas le droit, il faut pas rentrer comme ça. » On est penchés sur l'image où j'apparais en noir et blanc dans la cour de la prison, en train de bavarder avec les jardinières. Je prends congé.

Il est possible d'imaginer que la caméra qui m'a vue ait été là déjà, quand mes trois petites-cousines sont arrivées. Perchée dans le platane depuis toujours, elle captait les allées et venues dans son œil de verre, lissant ses plumes couleur vinyle. Au fond de je ne sais quelles archives inaccessibles seraient stockés les enregistrements où l'on voit, dans le même noir et blanc brouillé et vitreux, les six filles, la femme et le bébé entrant dans la cour où je me suis vue apparaître, près des deux employées aux gants verts. Peut-être que le grand platane figure sur ces images, peut-être est-il à cette époque plus chevelu, moins grand, moins élagué. La caméra les révélerait telles que je les découvre en photo, telles que madame Mourgue les aurait vêtues pour le rendez-vous forcé avec les militaires allemands : robe chasuble, col rond et chaussettes montantes, l'accoutrement soigné des petites filles de ces années-là. Et sous leurs souliers à brides, il y aurait en bas à droite l'inscription digitale de la date et de l'heure, en caractères rouges luminescents, 09.10.1942.19 h 08, suivi du clignement des secondes. À l'instant de cette image, elles ont respectivement dix, cinq et trois ans. Les jardinières qui les voient entrer par le portail interrompent leur travail. La plus jeune, la petite brune au jean serré aux fesses, s'approche d'elles et donne à Mireille une branche feuillue, dont le vert et l'or tremblent.

Les policiers les conduisent vers les cellules, aux étages, où elles sont enfermées avec les prisonnières de droit commun, des femmes condamnées pour des vols, des affaires de mœurs, mais peut-être aussi pour des faits de résistance et de rébellion.

Elles s'assoient sur leurs valises ou par terre, contre les murs. Comme elle le fait depuis l'attente à la Feldgendarmerie, Jacqueline s'absorbe dans l'observation de sa montre, un cadeau que ses parents lui ont offert en mai, pour ses cinq ans. Les Korman sont horlogers. Ils savent que ce modèle marche très bien auprès des enfants : sur le cadran on voit Mickey dont les bras inégaux indiquent les heures et les minutes et s'emmêlent deux fois par rotation. Ils voulaient lui apprendre à lire l'heure, et elle se débrouille assez bien à présent.

Les bras de Mickey se sont croisés et décroisés au moins dix fois depuis leur arrestation, ce qui n'empêche pas la souris d'être toujours aussi souriante. De temps en temps elle dégrafe le bracelet de cuir, c'est doux, elle le remet. Les parents ont été arrêtés trois mois plus tôt, à la maison, elle peut dire qu'il était 14 h 30 environ. Mickey devait avoir un gant blanc sous l'oreille et un entre les pattes. Comme c'était le 14 juillet, les parents ne travaillaient pas ou encore moins que jamais, les occasions étant de toute façon de plus en plus rares et difficiles ces derniers temps. Ces jours de juillet étaient pluvieux, on attendait la fin d'une averse pour aller se promener avec un ami, Nathan. On était encore dans le flottement de la sieste, morceaux de rêves condensés sous les plafonds des couloirs et dans le ciel des chambres. Jacqueline a eu le temps d'aider sa mère à préparer le sac pour la sortie, un goûter et une nappe pour s'asseoir au bord de l'eau. Son père y a glissé un journal. Puis un gang de militaires allemands est venu les chercher, étaient-ce les mêmes que ceux qui viennent de se saisir d'elles, est-ce qu'elle aurait pu les reconnaître tout à l'heure ? Le panier avec le goûter et le journal est resté sur la table de la cuisine tandis qu'on embarquait les parents avec Nathan, qui attendait déjà dans le camion bâché. Le vieux Zizi est descendu et il a dit à Mireille de le suivre, avec ses sœurs, et il les a accompagnées pour les placer toutes les trois chez madame Mourgue, qu'elles viennent d'être forcées de quitter.

Des parents, pas de nouvelles depuis. Les bras de Mickey se croisent et se décroisent sur le cadran à l'infini, il porte ses croquenots, sa culotte à boutons. Il a l'air tout ce qu'il y a de plus heureux.

Mireille, de son côté, essaye de lire. Les livres qui existent à la disposition des petites filles de cet âge, à cette époque, offrent des ressources un peu maigres pour les circonstances. Il y avait les abonnements à *Fillette*, *Lisette* et à *La Semaine de Suzette*, dans lesquels on trouvait des feuilletons. Une vieille dame et amie, née juste quelques années avant Mireille et que j'ai pu interroger sur ses lectures d'adolescente, m'a parlé de *Une Petite Fille tombée de la lune.* Elle m'en a résumé l'intrigue : « C'est une petite fille qui accompagne partout un ami aveugle. Elle devient amoureuse de lui et il cesse d'être aveugle. » Le livre a été publié en 1937, et quand son autrice, Berthe Bernage, devint sociétaire de la Société des gens de lettres, elle fut accueillie par ces mots : « Comparés aux livres de mademoiselle Berthe Bernage, ceux de la “Bibliothèque rose” pourraient passer pour licencieux et presque démoniaques. »

Mireille a du mal à lire plus d'une page. Elle repose *Une Petite Fille tombée de la lune* ou tout autre titre du même sucre sur le banc qu'elle partage avec Jacqueline. Cette dernière a l'air d'être tombée dans sa montre, et Mireille décide de s'approcher d'Henriette. Sa petite sœur ne pleure plus, mais elle s'est assise contre un mur et regarde dans le vide depuis trop longtemps, les mains posées sur ses genoux. En fouillant dans une valise, Mireille retrouve la poupée que madame Mourgue leur avait glissée avec quelques autres affaires en miniature, vêtements, linge, et même une trousse de médecin. Ensemble, les deux sœurs s'avisent qu'il est l'heure de lui faire sa toilette et de la mettre en pyjama et Henriette, pour la première fois depuis leur arrivée, retrouve le sourire et papote avec la petite créature, elle caresse les cheveux peints sur son crâne en caoutchouc, lui enfile des chaussons en tricot, décide de l'envelopper dans sa couverture pour la bercer et la faire dormir. Puis elle demande si elle peut faire pipi et Mireille l'accompagne dans les latrines réservées aux prisonniers, tandis qu'un gendarme les attend dans le couloir. La cuvette est trop haute et son rebord a été baptisé par toute l'élite policière de Montargis ; pour l'essuyer Mireille sort un mouchoir, peut-être un mouchoir brodé d'initiales comme en ont les petites filles de ce temps-là, puis elle aide sa sœur à se jucher et la retient par les genoux, « Attends ! », « Bah allez ! Fais ! » Henriette a l'air d'une trapéziste récalcitrante. « Vas-y : psss ! – J'ai froid ! – Ça va te réchauffer ! – Ça sent pas bon ! – Je compte jusqu'à trois ! – Tu refais psss, alors. – Pssss ! – Encore ! – Psss… – Ça y est. – Ça y est ? – Oui, ça y est. – Alors essuie-toi. Tiens. Attends, je t'aide. »

L'œil sans paupière de la caméra quitte l'arbre et se pose à la fenêtre de la cellule. Il replie ses ailes, il observe les enfants. À force de fréquenter les carabins, ses plumes noires sentent la suie et le tabac froid. Il fait le point sur Andrée, qui est l'aînée, treize ans. Il la reconnaît. Il l'a déjà vue trois mois plus tôt, le 14 juillet, lorsqu'un groupe d'adultes a été enfermé dans cette cellule. Elle accompagnait sa mère, Hélia Kaminsky, qui avait été convoquée. À ce moment-là, Andrée n'était pas sur une liste. Elle a été forcée de rester dans la cour au platane, d'où elle a regardé sa mère être emmenée à l'intérieur de la prison. Une fois sa mère disparue dans l'escalier, elle s'est affaissée contre l'arbre. Elle a attendu quelques minutes avant de repartir, peut-être pour voir si sa mère lui ferait signe par une fenêtre, ou pour sécher ses larmes avant de regagner la rue.

Quand elle est partie, l'œil a pu continuer à suivre Hélia. Il a zoné près de la cellule collective où elle a rejoint le couple Korman ainsi que leur ami Nathan Russ. Dans son prénom, Hélia reflète la blondeur évoquée par ses proches chaque fois qu'ils font son portrait. Hélia s'est assise non loin des autres prisonniers en essayant de dissimuler comme elle pouvait son chemisier taché de lait. Mais comme c'était insupportable elle a fini par se lever et a signalé plusieurs fois au gardien que ça lui faisait mal. Quoi, « ça » ? Ses seins. Elle a expliqué que sa petite dernière, Madeleine, qu'on lui avait mise en nourrice, n'était pas sevrée. Le gardien a fait appeler l'infirmerie pénitentiaire, et l'infirmerie a fait appeler en ville le docteur Pophillat qui est arrivé une heure plus tard avec sa mallette, et on a fait conduire Hélia hors de la cellule. Alors, l'œil s'est laissé tomber à l'intérieur et, mi-volant, mi-boitillant, il l'a suivie tandis que les gendarmes l'amenaient et la faisaient asseoir sur le cuir de la table d'examen. Ses pattes de volatile préhistorique hésitant sur le carrelage gelé comme s'il était de braises, l'œil unique a filmé. Il a enregistré la façon dont le médecin de ville a administré à Hélia une piqûre. Ça n'a pris qu'une minute et après c'était fait, la lactation était définitivement terminée. Hélia séparée de son bébé ne souffrirait plus de ses seins.

Trois mois plus tard, les choses ne sont plus les mêmes et on arrête aussi les enfants. « Madeleine n'est pas avec vous ? » a demandé Andrée. Mireille, se levant de la banquette : « Non. Madame Mourgue a interdit qu'on l'emmène. Elle a crié. Elle a supplié pour qu'on la laisse avec elle. » C'est comme cela qu'Andrée apprend que leur toute petite sœur, dont elle se sent profondément responsable depuis la disparition d'Hélia, est séparée d'elles pour une durée inconnue.

Au poignet de Jacqueline, Mickey croise et décroise les bras encore trois ou quatre fois avant que les petites,

Rose, Jeanne, Jacqueline elle-même et Henriette, ne finissent par s'endormir, allongées sur les bancs ou sur le sol avec des couvertures qu'on leur a prêtées. Mais Andrée et Mireille continuent de bavarder dans un coin de la cellule, leurs voix presque aussi insoupçonnables qu'un battement d'ailes dans la cour. Elles parlent de leurs parents qui ont été enlevés, et du bébé resté chez madame Mourgue, qui les a unies autour de son berceau pendant près de trois mois, elles se racontent les meilleurs moments de son spectacle sans paroles qui les a attirées et réchauffées depuis l'arrestation de leurs parents. Treize ans et dix ans, leurs âges font d'elles des planètes lointaines mais leur statut d'aînées les rapproche. « Tu as vu ? » demande Mireille. Elle pointe une forme noire, compacte, qui peine à se poser sur le bord de la fenêtre. Ses pattes semblent trop fragiles pour la porter, prêtes à se briser, une sorte d'oiseau. « C'est une pie », indique Andrée. « Elle a l'air malade », commente Mireille en se levant, en s'approchant. « Arrête de nous regarder. On n'a rien, s'excuse-t-elle. Arrête ! Va-t'en. »

L'œil retourne sur son perchoir. Il est né il y a si longtemps… Peut-être en un temps où le jour n'était pas séparé de la nuit. Peut-être a-t-il vu pousser l'arbre qui est dans la cour, dans lequel il aime tant se nicher. Ce qu'il a vu est dans son ventre, des milliards et des milliards de pixels stockés dans ses intestins, sous ses plumes.

Le lendemain, Léa Levinski reçoit la visite du curé de Châlette qui repart avec son bébé, ayant négocié avec la police allemande l'autorisation de le sortir de là. Cette licence peut s'expliquer par les lois non inscrites qui viennent de permettre le sauvetage de la petite Madeleine Kaminsky, à quelques centaines de mètres de la prison, dans la maison d'Anne-Laure Mourgue. Elle relève de l'inconstante pitié pour les bébés, la même qui les désigne comme sacrifices prioritaires les jours de massacre des Innocents, de plaies d'Égypte, de pogroms. Grâce à la visite du curé de Châlette ce 10 octobre après-midi, Aimé Levinski survit à son père et à son frère aîné, et il survit aussi à sa mère, déportée et assassinée cinq mois plus tard par le convoi n° 53. Comme Madeleine, il va trouver un berceau et des bras adoptifs pour traverser la guerre.

Elles se désignent comme « presque sœurs » – mot que je retrouve sous la plume, dans la bouche des survivantes, et qui date de la nuit en prison. À partir de cette nuit passée sans le savoir dans la même cellule que leurs parents, elles sont toujours ensemble, toutes les six.

Avant ce jour et cette nuit, elles ne représentent pas tant que ça les unes pour les autres, elles n'ont pas cette proximité. Le terme de « presque sœurs » ne s'applique pas encore. Elles viennent de deux familles aux trajectoires différentes, qui sous des dehors semblables présentent d'importantes oppositions : deux familles polonaises, originaires de grandes villes récemment murées en ghettos, Varsovie et Piotrkov ; des commerçants, certains un peu moins riches, les Korman, et d'autres un peu plus aisés, les Kaminsky, mais tous ayant fait leur fortune à partir de zéro en venant en France. Par le biais de démarches administratives plus ou moins abouties, il y a d'un côté les enfants de nationalité française, les sœurs Korman, qui l'ont obtenue avant 1939, et les Polonaises, les Kaminsky, dont les parents viennent juste de déposer un dossier de naturalisation quand la guerre éclate – demande qui restera évidemment sans réponse durant celle-ci, du fait des lois raciales. Les filles parlent toutes parfaitement le français, leurs parents, moins, chacun des quatre s'exprime avec différents degrés d'aisance et d'accent. Alors que les petites écrivent toutes, ou devraient bientôt toutes parfaitement écrire le français, je sais aussi que Max Kaminsky a l'habitude de faire appel à sa fille aînée pour rédiger son courrier professionnel. Quand il sera séparé d'elle, tout au long de son errance il lui faudra trouver des scribes suffisamment complices pour prendre sous sa dictée les messages qu'il lui envoie.

Il y a d'un côté les bourgeois du coin, les Kaminsky, propriétaires d'un magasin et d'une belle maison à Montargis, et ceux qui sont de passage, les Korman, qui louent ici, puis là, et qui ne disposent pas d'un lieu fixe pour vendre leur marchandise. La famille Korman est arrivée à Montargis avec la malle de l'exode : ils n'ont plus de maison, plus de magasin, tout cela a été abandonné précipitamment, ils ont fui avec d'autres milliers de Français l'invasion allemande en Lorraine – ils n'ont pas de voiture, et je ne sais pas par quel moyen ils sont parvenus jusqu'ici, dans ce bled fluvial du beau milieu de tout, eux qui avaient l'habitude d'habiter la frontière – à Thionville, puis à Hayange. Ils voulaient échapper à l'armée allemande, mais en suivant quelle trajectoire ? Le 17 juin 1940, afin de retarder la marche de l'ennemi, le Génie français fait sauter la septième arche du pont de Gien sur la Loire, non loin de Montargis, et les Korman se retrouvent bloqués avec leurs trois filles dans ce trou du Gâtinais où ils n'ont pas choisi d'aller. Ils n'ont pas du tout l'intention de rester.

Les différences entre les deux familles donnent lieu à des conflits, des hostilités qui restent perceptibles dans des lettres et qui démentent une image idyllique de leur rencontre. Ainsi les filles Korman vont à l'école privée catholique en raison d'un choix d'éducation supposément élitiste de leurs parents qui cache peut-être aussi leur statut précaire, l'arrivée en cours d'année les ayant obligés à faire avec le privé. Les Kaminsky, quant à elles, fréquentent depuis toujours l'école publique et sont contentes de cette évidence. Les deux familles s'engueulent parfois sur la question comme sur une bonne vieille carte postale de la IIIe République. Ils s'invitent pour des promenades le dimanche, les filles vont jouer régulièrement les unes chez les autres mais les parents, eux, restent à distance, par exemple ils ne se convient pas à dîner ou à déjeuner ;

dans le souvenir d'Andrée, ils ne se sont jamais assis tous à la même table. Je pense qu'ils se fréquentent surtout pour leurs filles, parce qu'elles s'entendent bien et forment un petit groupe sensiblement du même âge, et aussi, et c'est plus ambigu, parce qu'ils font partie des quelques rares familles juives immigrées ici, ce qui doit entretenir un sentiment de solidarité et d'obligation pas toujours agréable des uns vis-à-vis des autres, leur rappeler leur marginalité commune dans cette ville de province. Dans certaines lettres d'Hélia se lit une ironie peu amène à l'égard des Korman, quand les lois antijuives leur tombent dessus à tous : elle écrit à son mari qu'elle trouve que ce n'est pas si mal que Lysora n'ait plus le droit de faire du vélo, ça évitera des accidents – « Je suis très contente, Max, parce qu'il roule très mal ». Alors qu'elle-même atteste de son effort et de celui de ses filles pour sortir avec l'étoile jaune, « Nous avons beaucoup de courage et nous nous promenons avec l'autre couleur sur nos vêtements », elle note que Chava n'ose plus rien faire, « madame Korman est très blessée et reste à la maison. Elle a honte ».

Les Kaminsky, quant à eux, sont bien installés à Montargis au moment où la guerre éclate. C'est la ville qu'ils ont choisie, près de laquelle vivent des cousins, à Lorris, à Châlette. Leur demeure est une belle maison de ville de plusieurs étages, au-dessus de leur commerce qui leur a permis de prospérer en vendant d'abord des équipements de travail, des stocks de bottes en caoutchouc venus de l'usine voisine, puis d'autres vêtements et des objets pour la maison, que Max écoule au marché le week-end avec sa camionnette, et toute la semaine au magasin. Celui-ci est florissant au point de les mettre en danger très tôt, parce qu'il suscite la convoitise des notables de la ville. Dès que les lois antijuives sont passées, tous leurs biens sont saisis et confiés à la gestion d'un pharmacien, le bien-nommé Lagneau, qui leur laisse pour vivre uniquement la cuisine et une ou deux chambres à l'étage. Un soir, souhaitant ponctionner encore je ne sais quoi, il attend Max à l'arrière du magasin et le tabasse. Le lendemain, c'est son notaire, maître Fumery, qui l'informe qu'il est en instance d'être arrêté et lui « conseille » de quitter la ville. Ce n'est certes pas parce qu'il va lui sauver la vie que cet avertissement est bien intentionné, mais Max ne perd pas de temps dans ce genre de considérations, il fait son bagage et s'en va, laissant sur place sa femme et ses filles qu'il croit protégées en tant que femme, en tant qu'enfants. Il est arrêté sur la ligne de démarcation et passera le restant de la guerre en zone sud dans un état de semi-détention, ou semi-liberté, suivant le vocabulaire qu'on a vu en usage à notre époque, dans une série de camps glauques où les autorités françaises font travailler de force les hommes de nationalité étrangère.

À partir du 14 juillet, les sœurs Korman n'ont plus aucune nouvelle de leurs parents. Mais les Kaminsky continuent de recevoir presque toutes les semaines des lettres que leur père dicte à des camarades de galère, depuis tous les camps où on le balade et l'enferme, les

Groupements de travailleurs étrangers (GTE) en Creuse puis en Corrèze, depuis Guéret, Saillat, Soudeilles, Meyssac, Beaulieu, La Meyze et enfin Séreilhac – et auxquelles elles répondent. Pouvoir correspondre avec un parent vivant est sans doute l'ultime et décisive différence qui s'instaure, à partir de l'été 1942, entre les presque sœurs Korman et Kaminsky.

Un homme qui s'appelle Nathan Russ, dit Biba, se trouve lui aussi à la prison de Montargis avec Chava, Lysora et Hélia ce jour de fête nationale 1942. Nathan circule comme une mélodie entre les personnages de cette histoire. Personne ne connaît son visage.

Il n'a aucune place dans l'arbre généalogique, ni chez les Korman ni chez les Kaminsky. Il est cet être indispensable que ne connaissent pourtant presque jamais l'état civil, les notaires et les caveaux de famille : l'ami. Je suppose que mon grand-père Élie l'a rencontré dans son enfance à Piotrkov, la ville de Pologne où il est né trois ans après son frère Lysora, et où ils ont grandi. C'est avec Nathan que Lysora est parti en France, et peut-être que sur le coup ça a fait rêver mon grand-père. À moins que ça ne l'ait dégoûté, que son frère s'en aille. Ou peut-être que cela ressemblait à une décision raisonnable et banale, le départ en France – ce que fera Élie, sur leurs traces, quelques années plus tard, pour travailler et aussi se mettre à l'abri d'un « climat pourri d'antisémitisme », comme dirait mon père.

Lysora et Nathan ont vingt-deux ans quand ils arrivent en France. Ils ne sont pas seuls, ils viennent avec une fille de dix-neuf ans nommée rien de moins qu'Ève, Chava. Elle et Lysora sont déjà mariés à ce moment-là. Est-ce qu'ils sont ensemble parce qu'ils se sont choisis, ou est-ce un mariage arrangé, comme ces générations en ont la science ? Je pencherais plutôt pour cette deuxième éventualité. Et peut-on demander lequel, de Chava ou de Lysora, a insisté pour que Nathan soit du voyage ? Cela changerait un peu la mélodie de cette histoire. Trio de jeunes gens, deux garçons, une fille, qui travaillent et vivent dans les mêmes endroits, en tant que bijoutiers-horlogers en Lorraine où ils ont atterri. Ils ne se quittent pas : quand Chava et Lysora déménagent de Thionville à Hayange, Nathan déménage avec eux. Quand l'exode les pousse jusqu'à Montargis à l'été 1940, Nathan est avec eux.

Pendant dix ans il n'y a pas eu d'enfant dans le tableau, juste ces trois-là, le jeune couple et leur copain. Ou les deux copains avec la fille. Ou une fille de dix-neuf ans, s'enfuyant d'une Pologne aux mœurs étriquées en compagnie de deux garçons. Que fait Chava pendant ce temps ? Sans doute tient-elle la boutique. Lave leur linge, à tous les trois. J'espère qu'elle chante aussi quelques chansons, comme chez Truffaut, le soir venu, à l'heure où « le balancement du rocking-chair nous convie aux plaisirs de la chair ».

Entre Thionville et Hayange, les trois filles naissent, je ne sais pas si ça change tout. Nathan cesse de vivre avec eux.

J'ai des photos de toutes les personnes de cette histoire, sauf de Nathan. Il fait partie des gens dont l'existence est attestée par les administrateurs du génocide : son nom figure sur des lettres de sous-préfets ayant l'honneur d'adresser des listes classées alphabétiquement à leurs supérieurs, sur des registres d'internement dans des camps, et sur des stèles où les mêmes noms ont été rassemblés longtemps après. Mais comme du Dieu des juifs, comme des parias absolus de l'Histoire, on ne connaît de lui aucune image.

L'existence de Nathan est aussi attestée par la main des six petites filles. Depuis les camps, les foyers, les « asiles », comme elles disent, où on les a placées après l'enlèvement de leurs parents, toutes réclament de ses nouvelles. Elles le font dans une lettre au bas de laquelle elles inscrivent l'un sous l'autre leurs six noms, Mireille, Jacqueline, Henriette, Andrée, Rose, Jeanne, telles les échelles de corde que jettent de leurs cellules les héros prisonniers, à la fin des histoires. Elles se passent le crayon pour signer et on peut deviner que l'une signe à la place d'Henriette, qui ne sait pas encore écrire. Elles veulent toutes savoir où est Nathan. Ce que devient Nathan.

D'après ce que disent les sœurs survivantes, il y a deux choses dont on puisse être sûr à son propos. La première, c'est que « les enfants l'aimaient beaucoup », que Nathan était un de ces rares adultes qui leur plaisaient. C'est comment, un adulte que les enfants aiment ? Une exception, cet homme qui ne paraît pas consacrer une énergie extravagante à l'ennui. Nathan doit faire exception. Ils le voient comme un de ces agents doubles qui ont la malchance de vivre du mauvais côté, ils lui font confiance pour transmettre des messages, les informer de ce qui se passe chez les plus grands. La deuxième information qui nous soit parvenue, c'est que Nathan chante. C'est la deuxième et unique chose qu'on sache de lui, grâce aux survivantes : son surnom, « Biba », lui a été donné par les petites filles, « à cause d'une chanson qu'il aimait ».

Ses chansons ne sont pas toujours du goût de tout le monde. Entre le départ de Max, en avril, et juillet 1942, il semble qu'il soit venu siffloter un peu trop souvent chez Hélia, dans le bout de cuisine qui lui reste derrière le magasin, pour lui réclamer de l'argent. Quand elle s'est retrouvée seule, Nathan lui a apparemment offert ses services, prêté de l'argent, trouvé de la nourriture, mais ces services il les a bien monnayés, en s'autorisant à revendre sa marchandise ou en lui demandant de le rembourser. Dans ses lettres à Max, Hélia se plaint de ses visites. Nathan vient, Nathan réclame. Hélia répond qu'elle n'a plus rien. Il revient, il recommence. Son petit refrain, son sifflotement n'ont pas toujours été un heureux présage, pas en n'importe quelle circonstance.

Nathan a une tête de chanson. Il en connaît plus d'un millier. Le matin, quand il est encore dans son lit, il en fredonne une à l'intérieur de lui-même, il la laisse battre dans sa poitrine avant de mettre debout son corps « de taille moyenne ». Il chantait quoi, Nathan ? Parfois la chanson est en russe. Parfois elle est en yiddish, en anglais ou en français. Tout en chantant, il quitte la chambre qu'il a louée dans le centre-ville de Montargis chez des gens qui sont devenus ses amis, les Laborieux. Il se rend chez ses amis Lysora et Chava, qui viennent de déménager – une première maison, avec un jardin, est devenue trop chère après la réduction forcée de leur activité. Arrivés en partageant le lot commun de l'exode, ils sont à présent privés du droit de vendre quoi que ce soit et se sont installés à cette deuxième adresse, plus en périphérie de la ville, où il n'y a pas de jardin. Quant à la chanson d'où vient le surnom « Biba », elle n'est enregistrée nulle part. C'est un hymne à un matou nommé Biba, et elle commence comme ça : « *Biba-Chat/Ta fourrure/Me rassure/T'es pas un loup/Ton minou/L'est plus doux.* »

Il la chante tôt ce matin de mai 1942 dans les rues encore vides de la vieille ville, et en passant deux fois les ponts du Loing pour arriver avenue Adolphe-Cochery. Il entonne la strophe suivante, plus plaintive, et arrive ainsi devant chez les Korman : « *Biba-Chat/Tes moustaches/Elles m'attachent/Biba-Chat/Mon enfant/Si seulement.* »

Il la fredonne en embrassant le cou de Chava, dans la cuisine, et en restant près d'elle, en confiant sa joue à sa main chaude. Il continue en s'asseyant pour boire le café qu'elle pose devant lui dans une grande tasse.

Il la fredonne encore tandis qu'en haut, Lysora se prépare et réveille Mireille dans la chambre des enfants, qu'il pousse la porte et devine parfaitement sans les voir les contours des trois lits, des trois petites filles dans les trois lits, et qu'il navigue sans heurt jusqu'à celui de l'aînée. Il lui pince le pied à travers la couverture et chuchote « Debout ma grande » d'une voix juste assez basse pour ne pas réveiller les autres, juste assez haute pour l'atteindre dans ses rêves, « Fais pas de bruit ma chérie, on t'attend ». On entend d'en bas un pas léger enroulé dans un pas lourd, et bientôt ils sont quatre dans la cuisine en train de petit-déjeuner, de bavarder, et d'entonner la troisième strophe qui est de toute évidence la préférée des filles, celle qu'elles attendent avec impatience : « *Biba-Chat/Ton trou d'balle/Est pas sale* », en général Lysora ponctue d'un « Ça, ça m'étonnerait », « *Et ton cul/Mon Lulu* », c'est Mireille qui termine : « *Est fatal* ». On est jeudi, il n'y a pas école et Lysora a proposé à la plus grande de passer la journée avec lui et son copain. « On ira réparer l'intérieur du Temps », lui a-t-il dit la veille de leur expédition, en ajoutant : « Et on mangera des sandwichs », ce qui a sans doute achevé de la convaincre. Elle sera chargée de porter la caisse à outils, c'est trop lourd mais c'est la condition qu'elle-même a exigée, elle la soulève et la place à côté d'elle sur la banquette arrière de la Mathis couleur café au lait que les Kaminsky leur ont prêtée pour la journée. Chava les accompagne jusqu'à l'auto, elle embrasse sa fille, agite la main tandis qu'ils démarrent.

La maison du 51 avenue Adolphe-Cochery telle que je la découvre en cette journée pluvieuse où je vais rendre visite à mes petites-cousines et à leurs parents morts, à Montargis : deux étages dont un sous les combles au toit très pentu, une façade en crépi coquille d'œuf. La cour qui la sépare de la maison d'à côté est tapissée de gravier jaune et de flaques qui reflètent le ciel gris et les nuages prêts pour une nouvelle averse. Le mur qui borde la cour de la maison, en pierres sèches, abrite des dizaines et des dizaines d'oiseaux qui bondissent et s'époumonent dans la vigne vierge et les tiges de peuplier. Parmi eux se trouvent une bande de moineaux domestiques et de martinets noirs, ainsi qu'une fauvette à tête noire, ou bien, m'a indiqué l'ami biologiste à qui j'ai envoyé un enregistrement de la rumeur de ce feuillage, « une fauvette que je te vends comme une fauvette à tête noire ». Je reste longtemps à écouter sans le savoir l'hypothétique fauvette.

Chava regarde s'éloigner la Mathis café au lait, d'où s'agitent les mains de Mireille et de Biba. Depuis que Lysora, Nathan et elle n'ont plus de magasin, depuis qu'ils ont quitté Hayange, ils vivent du stock de montres et de bijoux qu'ils ont pu emporter et que leur reprennent certains commerçants à vil prix, en profitant du fait qu'ils ne sont plus autorisés à rien vendre. Les deux hommes acceptent aussi des boulots d'horlogerie à droite et à gauche, comme celui qu'on leur a commandé ce jour-là pour la grande horloge de la gare de Pithiviers, située à une quarantaine de kilomètres de là. Ses aiguilles sont à l'arrêt depuis des mois, car on ne trouve plus personne dans les environs pour réparer les horloges publiques. Mais le chef de gare a entendu parler de deux juifs qui se sont installés à Montargis, « qui vendent des montres et savent aussi réparer des pendules ». Comme il fallait que la gare soit opérationnelle sur demande des Allemands, qu'elle soit parfaitement fonctionnelle de la salle d'attente jusqu'aux voies, depuis le poste d'aiguillage jusqu'à l'horloge, il les a priés de venir.

En chemin, Lysora et Nathan discutent et font des plans : il faudrait quitter Montargis pour gagner la zone libre, peut-être la région de Lyon où se sont réfugiés le frère cadet de Lysora, Élie (mon grand-père), avec sa femme Sarah (ma grand-mère), ainsi que leur fille Annette qui a l'âge de Jacqueline. La conversation est en russe et en yiddish, avec un peu de français aussi pour la petite, qui dit qu'elle veut rester à Montargis, maintenant que l'école a commencé. « Mais tu te feras d'autres amis », lui répond son père, « on se fait toujours des amis. »

Les voix de Lysora et de Nathan ont des accents que je connais. Je me souviens de celui de ma grand-mère Sarah, un accent lourd et lent comme une eau qui déplacerait des roches dans une rivière, cherchant des aigus un peu brusques qui n'étaient pas dans sa nature pour pouvoir s'adresser à moi, une enfant. Elle avait beau utiliser les mots du français, ceux-ci étaient disposés et prononcés en un paysage méconnaissable parce qu'en fait c'était de l'allemand, ou un des multiples avatars de l'allemand qu'elle avait connus dans sa vie : du suisse allemand, du yiddish, mais aussi des langues slaves, peut-être du polonais ou du russe de ses parents. Je me souviens de son appartement dans une résidence moderne à Zurich, et de son salon où étaient accrochés des toiles peintes par l'une de ses sœurs ainsi qu'un panneau doré représentant des combats entre des bêtes sauvages et des démons dans plusieurs niveaux du Bardo tibétain, un cadeau que ma tante avait dû lui rapporter d'un de ses nombreux voyages aux antipodes. La difficulté de ma grand-mère à parler le français m'irritait, signe d'une distance que je lui reprochais, et d'un multilinguisme qui ne m'apparaissait pas comme une richesse mais comme un terrain glissant faisant dévier sans cesse la conversation. La voix pierreuse sortait de ses lèvres fines, de son visage pâle et blond aux yeux gris clair, de sous son front strié d'une tache de vin, de cette montagne de vieille dame zurichoise en tissus imprimés et soyeux, sans que je me doute du soulagement qu'il y avait peut-être chez elle à avoir accompli un destin de vieille dame dorée comme un temple, drapée comme un bouddha.

Dans la voiture, sa nièce Mireille relance : « *Biba-Chat/T'as des yeux/T'en as deux* », les autres la rejoignent pour la suite dont les notes s'enfuient dans la poussière : « *Si j'les perds/Mon p'tit père/C'est la guerre* ». Lysora chante le couplet qu'il a lui-même composé et qu'il gueule sur le bruit du moteur : « *Ton museau/Petit Chose/Est mouillé/Et c'est là/Que j'dépose/Mes baisers.* » Nathan finit seul, il chante toujours seul la fin de sa chanson, il murmure en lui-même en formant à peine sur ses lèvres ces paroles que les autres connaissent sans les entendre : « *Biba-Chat/Moi j'ai rien/Moins que rien/Mais j'ai toi/Mon félin/Mais j'ai toi.* »

Quand Lysora, Nathan et Mireille entrent dans le hall de la gare, les voyageurs les remarquent immédiatement à leurs vêtements. Pourtant, tous les trois ne semblent pas prêter attention à l'étoile jaune collée sur leur poitrine. Ils se sont entraînés à faire comme s'ils étaient des victimes de poisson d'avril ou Guignol lorsqu'il a une matraque dans le dos, à ne voir ni l'étoile ni les regards des autres sur cette étoile. Lysora et Nathan se dirigent vers le chef de gare qui les attend devant le guichet des voyageurs et ils lui serrent la main. L'allure de ces deux hommes, à part les écussons d'infamie que Chava a été obligée de leur coudre : des costumes qu'on trouverait un peu larges aujourd'hui, aussi bien les pantalons que les vestes – mon père dit « veston » – qui se cassent aux épaules, aux genoux, et les feutres élégants dits fedoras ou Borsalinos de cette époque où on est dans la rue comme au cinéma, qui ombrent le regard. La paume de sa main calée sur l'épaule de Mireille, Lysora présente son « petit apprenti ». Celle-ci sourit d'un sourire de bonne volonté en attendant que ça passe et le chef de gare rend son sourire à cette enfant d'à peine dix ans, dans sa robe chasuble étoilée, et qui porte la caisse à outils. Elle a les mêmes yeux que son père, avec une paupière du haut grande et rêveuse et celle du bas un peu bombée, petit croissant de lune qui amène chaque instant du rire dans le regard. Je connais ces yeux : mon père a les mêmes. Ma sœur a les mêmes, et moi, et mes enfants, nous avons tous des yeux semblables à ceux qui se lèvent sur le chef de gare. « Vous avez du bon personnel, on dirait », dit celui-ci en les conduisant vers l'escalier de bois qui est au milieu du hall. Ils montent, les trois hommes, la petite fille, à travers le plancher du premier étage où se trouvent les bureaux du personnel, puis à travers celui du deuxième au milieu duquel rayonne le cadran de l'horloge.

À l'automne 2019, l'ancienne gare de déportation de Pithiviers est en travaux. Je reste dans ma voiture le temps que la pluie cesse, en regardant les alentours, un kebab, un bistrot, une usine de betteraves qui répand une odeur poisseuse de terre et de sucre, puis je m'approche des grilles qui entourent le bâtiment. Devant l'entrée se trouve une gigantesque pelleteuse blanche et bleue, dont la pince fermée repose sur le sol. À droite, il y a le local électrique en béton, juste à côté des rails, sur lequel a été tagué fraîchement l'insigne néofasciste d'Ordre nouveau : un rond blanc avec une croix, comme la mire d'une arme à feu. Je prends une photo dans l'intention de signaler, plus tard, ces marques de mort qu'on ne sait quels insatiables crétins ont tenu à renouveler.

Je longe les grilles et je bavarde avec les ouvriers qui viennent de sortir pour la pause déjeuner. Je leur demande s'ils sont d'accord pour que j'entre. Est-ce que je peux voir l'intérieur ? Je viens parce que des personnes de ma famille sont passées par cette gare, « en 1942 » – ils savent, ils se comprennent immédiatement comme les gardiens du lieu, me désignent l'endroit du grillage par lequel je peux les rejoindre. L'un d'eux me guide dans le hall à travers les gravats, sous la voûte en briques rouges, aux poutres dénudées. Une autre pelleteuse est garée dans l'entrée, jaune avec des fauteuils verts ; celle-là a gardé ses mandibules ouvertes contre le sol, je prends en photo mon guide à côté d'elle, mains dans les poches de sa veste en polaire noire, casquette à l'envers, je le suis dans l'escalier en colimaçon qui nous conduit à l'ancien étage des bureaux qu'on arpente quelques minutes en faisant connaissance. Il vient d'aussi loin que Tours. Il est maçon comme son père, dans la même boîte. J'ouvre les fenêtres qui donnent sur les rails. « Mon père refuse ce genre de chantiers, me dit-il, il trouve qu'il se passe toujours des trucs bizarres. » Il me laisse ouvrir les fenêtres et en me penchant je vois les rails qui filent vers l'est. On monte encore un étage et on arrive sous les combles, dans l'étage de l'horloge. Des bâches occultent les fenêtres et nous restons immobiles dans leur lumière bleue, à les écouter trembler au passage du vent.

Pendant le même printemps 1942 où Nathan et Lysora réparent l'horloge, d'autres travaux sont exécutés dans d'autres gares sur le même axe de chemin de fer, à travers toute l'Europe. Les rails conduisent à des forêts. Quelques semaines plus tôt, à mille cinq cents kilomètres de Pithiviers, deux « chaumières de paysans » ont été réquisitionnées et murées. Les paysans qui habitaient cet endroit marécageux, loin de tout centre urbain, mais bien placé sur le tracé ferroviaire, ont été expropriés. Toutes les fenêtres de leurs anciennes maisons ont été remplies de parpaings et de ciment, toutes les ouvertures scellées afin que pas un souffle d'air ne puisse entrer, pas un cri s'échapper. Elles sont mises en service en mars et en juin. Les essais techniques ne sont pas achevés, plusieurs marques de gaz sont encore testées et surtout il n'a pas été décidé du sort des cadavres, on ne sait toujours pas comment il serait possible de tuer sans laisser de cadavres, comment détruire la personne humaine jusqu'à son cri, jusqu'à sa chair, ses os, son souvenir.

« Chaumière » (ou « petite ferme », *small farmhouse* dans le texte original) est le terme employé par l'historien Raul Hilberg pour parler des premières installations destinées aux meurtres de masse à Auschwitz, après des essais dans des camions qui n'étaient pas suffisamment spacieux. « Chaumière » a aussi quelque chose qui évoque les villages dans les contes, de ceux qui bordent les forêts. De mon côté, j'hésite à reconnaître celle que j'aperçois, à en franchir la lisière avec les six enfants qui m'entourent. Les orphelins sont les héros ou bien, selon la perspective dans laquelle on se place, les proies aisées dans les forêts des contes où ils sont abandonnés, et où seule la ruse peut les sauver. La forêt où s'égarent Hansel et Gretel est en tout point pareille, à l'arbre près, à celle où se trouvent les deux chaumières dont parle Hilberg. Là, affamés, le frère et la sœur, le petit Hans-Jean-Jeannot et la petite Greta-Marguerite-Margot – leur état civil a pu être modifié selon leur date d'arrivée ou de naissance en France, en Allemagne, en Pologne, ou tout autre pays d'Europe relié à cette forêt –, sont attirés par une maison en pain d'épice qu'ils commencent à croquer sans savoir qu'elle est celle d'une vieille sorcière à moitié aveugle. Comme prévu, elle les capture et les englue à l'intérieur de ces murs sucrés. Elle décide de dévorer Hans, et de se servir de Gretel pour l'assister dans son entreprise de cannibalisme. Elle fait d'elle sa petite servante et la force à porter à son frère, enfermé dans une cage à oiseaux si étroite qu'il peut à peine s'y asseoir et dormir, de quoi le gaver jusqu'à ce qu'il soit suffisamment dodu pour son festin. Tous les jours Gretel entretient l'âtre du four destiné à cuire son propre frère et cuisine les plats destinés à l'engraisser. Mais Hans a compris que la vieille avait une mauvaise vue, et pour lui faire croire qu'il est toujours aussi maigre, tous les jours il tend à ses doigts examinateurs des os de poulet et d'oiseaux morts qui traînent dans la cage au milieu de la sciure et des déjections. Au bout d'un moment, Gretel réussit à pousser la sorcière dans le four et délivre son frère. Elle trouve la clef de la cage et les deux enfants réussissent à s'enfuir.

Chacun sait pourtant que cette fin est contrefactuelle. Dans cette forêt-ci, ce sont les enfants qui sont tués. Il reste que moi aussi je peux tendre des os à cette histoire, pour faire sortir sa gueule d'entre les arbres et la raconter comme je veux, au rythme que je décide. Je peux lui jeter des mots pour la maintenir en respect, pour qu'elle se montre et qu'elle morde dans ces leurres plutôt que dans ma propre chair, et que jamais elle ne m'égorge ni ne m'asphyxie, ni moi ni mes enfants.

Nathan, Chava, Lysora et Hélia sont déportés par le convoi n° 6 daté du 17 juillet 1942, au départ de Pithiviers. Celui-ci sert à évacuer les camps du Loiret qui vont bientôt être remplis de Parisiens, la rafle du Vél d'Hiv ayant lieu le même jour. C'est la manifestation en province de cette gigantesque battue, même si l'essentiel de ce convoi est constitué d'hommes étrangers qui sont détenus depuis des mois à Pithiviers et à Beaune-la-Rolande, auxquels sont jointes des personnes qui ont été raflées pendant les jours précédents pour rentabiliser et arrondir le quota des wagons. Le Vél d'Hiv va officialiser un massacre qui n'épargne plus personne quels que soient la nationalité, le sexe ou l'âge, et en province, les 14, 15, 16 juillet, la police française commence à arrêter aussi les femmes et les enfants. Le convoi qui emmène Nathan, Chava, Lysora et Hélia est le premier où se trouvent des enfants.

Le premier dans lequel les adultes en partance peuvent savoir que le traitement qui leur est infligé n'épargne pas les enfants qu'ils laissent derrière eux.

Dans le jardin de la petite maison de bois où ils ont réussi à se réfugier avec leur fille, à Saint-Martin, près de Lyon, où ils élèvent quelques lapins, d'après les dires de ma tante, mon grand-père Élie et ma grand-mère Sarah reçoivent la carte postale de Mireille datée du 17 juillet. Elle ne semble pas au courant que ses parents partent le jour même. Ses mots sont d'une encre pointue qui révèle la plume d'un adulte, peut-être déjà madame Mourgue, ou les amis de Nathan qu'elle mentionne, et à qui elle a dicté le message suivant :

« Chers oncle et tante, Papa m'a chargée de vous prévenir qu'ils sont partis tous les deux dans un camp inconnu. Je suis avec mes petites sœurs dans une famille amie de Monsieur Russ ou Biba. Gros chagrin. Biba aussi parti. Bons baisers à tous. Mireille. »

Ainsi on peut imaginer que le 14 juillet 1942, au 51 avenue Adolphe-Cochery, mon grand-oncle Lysora, dans son costume de laine un peu large, s'est tenu dans sa cuisine ou dans l'allée de sa maison et a dit à sa fille aînée, en lui parlant de mes grands-parents : « Préviens ton oncle », ou « Écris à mon frère » ou « à Élie et à Sarah ». Lui parle-t-il en yiddish pour préserver un peu d'intimité dans ces mots ? Ou en français pour ne pas irriter les policiers, s'ils sont témoins de cet échange ?

Est-ce qu'il demande ou exige qu'elle envoie cette lettre, est-ce lui qui conseille qu'elle soit écrite par une autre main que la sienne ? Comment ça se passe, cet échange père-fille, à quoi ressemble cette scène qui persiste et déforme l'air jusqu'à nous ?

La carte arrive entre les mains de mon grand-père comme au travers d'un miroir. Je dis cela car, d'après le peu de photos que j'ai en ma possession, mon grand-père Élie, qui a survécu grâce à l'exil en Suisse, et son frère Lysora, qui est mort, avec sa femme, exterminé deux ans avant ses propres enfants sans avoir rien pu faire pour se mettre à l'abri avec sa famille, se ressemblent énormément. Ils se ressemblent à un point qui confine à une sorte de folie carrollienne, comme deux Alice parties dans les directions opposées d'un miroir – comme moi ce jour où, observant mon visage sous un bonnet de ski, dans le rétroviseur d'une voiture, j'ai compris en me remettant en mouvement que les yeux que je regardais, le teint rosi par le froid que je me connaissais et chaque trait que je détaillais depuis quelques secondes avec réconfort, étaient en fait ceux de ma sœur immobile sur la banquette arrière – elle aussi adoucie d'un bonnet, me souriant.

Sur l'unique photo que j'ai de lui, l'aîné des deux frères pose avec sa femme et Mireille âgée de deux ans, dans une rue de Hayange, en 1934. Il est vêtu d'un costume trois pièces et le chapeau qu'il porte sur la tête, il pourrait bien le prêter à son cadet, mon grand-père, qui pousse la balançoire où est assis mon père, à peine plus âgé que Mireille, trois ans, sur une autre photo datée de 1949. Sur celle-ci on voit Élie, sain et sauf à Mulhouse, en compagnie de ma grand-mère et de ma tante adolescente de douze ans, c'est-à-dire l'âge qu'aurait Jacqueline à ce moment-là, si elle avait survécu. La famille du frère aîné apparaît dans d'épais vêtements d'hiver, fourrures et bottes, celle du cadet, comme en signe de renouveau, est en maillot de bain, ce qui semble les répartir en deux mondes différents. Mais avec leurs têtes d'immigrés d'on ne sait où, n'importe où sur un arc Rabat-Budapest intégrant l'Italie et la mer Noire, avec leur goût commun pour les Borsalinos, dont mon père soixante ans plus tard ne s'est pas départi, d'une photo à l'autre les deux frères sont tel un seul et même acteur qui aurait posé une fois dans le décor d'un film et la deuxième fois pour un reportage sur sa vie privée. Ou bien, une première fois dans un drame réaliste, tourné pendant la guerre dans les studios de Boulogne, et la deuxième, dans un film en plein air, une comédie balnéaire du début des Trente Glorieuses. Ils pourraient se partager un rôle sur un tournage pour se rendre service, s'épargner de la fatigue. Ils pourraient se passer le costume pour que l'un s'expose sous l'objectif à la place de l'autre. Et que le premier, abaissant son chapeau en légère diagonale sur son front, comme le fait Lysora en photo, enfonçant ses mains dans ses poches, rejoigne discrètement les coulisses et disparaisse dans le véritable soleil, dans la foule des vivants.

Juste quelques semaines avant l'envoi de la carte, en gare de Pithiviers, Lysora et Mireille se tiennent ensemble dans la tour de l'horloge, dans sa lumière. Son envers dépoli est blanc comme un os, rond comme la lune. Lysora a déplié un escabeau et défait les volets en bois qui protègent le cadran. Il est allé couper le courant et il remonte pour dévisser le mécanisme, en gardant son veston qui suit ses mouvements pendant qu'il travaille. Son corps semble occuper en grande partie l'espace à l'intérieur de la tourelle, et il demande à Mireille de lui passer les outils, un deuxième tournevis, une lampe. « C'est juste un petit ressort », constate-t-il avec son accent yiddish. Il travaille vite, il dit : « C'est pas grand-chose. » Il se tourne vers la petite et répète : « Rien, juste un ressort, il faut le remplacer. » Il descend de son escabeau et va fouiller dans la caisse à outils où il trouve un ressort neuf, puis remonte trafiquer le cadran. Il extrait le vieux ressort qu'il tend à sa fille et insère le nouveau. Il en profite pour mettre un peu d'huile et nettoyer le verre de l'horloge avec une peau de chamois. « Il est quelle heure, ma chérie ? » Il lui dit de monter avec lui sur l'escabeau et il la soulève dans la lumière laiteuse, jusqu'aux aiguilles, pour qu'elle règle l'heure. Après quoi il se dépêche de descendre retrouver l'armoire électrique pour relancer le mécanisme, avant qu'il ne se fausse d'une seule minute. On saura de cette manière si les trains sont à l'heure.

D'à côté parviennent des volutes de notes et de fumée. Nathan fait les cent pas depuis tout à l'heure et fume sous la charpente en bois. Il contemple tantôt l'avenue de la gare, tantôt de l'autre côté les rails et les trains qui filent en direction de l'est. Sa chanson ne dit plus rien d'intelligible dans le langage des hommes. Il chante quelque chose dont sa voix serait la mélodie, et la fumée les paroles, sa voix est basse et noire, horizontale et métallique, tandis qu'au-dessus la cigarette est sèche et crépitante, un blues amoureux qui se détache et tombe aussitôt qu'il rougit, en petits tas légers sur le parquet.

Au retour, ils sont fatigués. Mireille s'endort sur le siège arrière, dans les chaos de la Mathis et les murmures de son père et de Nathan qui épiloguent, puis dérivent dans des songeries parallèles, l'un se taisant, l'autre chantant. La voix de Nathan se mêle à ses rêves, les chansons s'enroulent aux images qui imitent le métro de Manhattan, ou les miaulements d'un chat amoureux.

Puis on la porte, la petite Mireille, son père la hisse sur son épaule et l'emmène jusqu'à son lit, dans la chambre où ses sœurs ont l'air d'avoir dormi toute la journée car elles dorment déjà, sans avoir rencontré le baiser qui réveille. Les conversations du dîner entre Chava, Lysora et Nathan prennent le relais dans ses rêves, ensuite Nathan repart en sifflotant et chantonnant sous sa fenêtre.

Puis moi un jour d'automne, devant le 51 avenue Adolphe-Cochery. J'ai les pieds gelés par cette journée de brumes. Au matin je suis allée rue de la Quintaine voir la première maison des Korman à Montargis, celle qui avait un jardin, je ne suis pas sûre de l'avoir trouvée, et maintenant je suis devant celle où ils ont été arrêtés le 14 juillet 1942, et leurs filles emmenées par la police pour être placées. J'écoute les oiseaux dans la cour, j'enregistre les oiseaux du 9 octobre 2019 qui étaient peut-être les mêmes ce jour-là, des moineaux domestiques, des martinets, et la supposée fauvette à tête noire. Ils jettent des cris nets et rapprochés, on peut sentir leurs gorges s'emplir et leurs souffles haleter entre deux notes dans un fouillis de feuilles et de battements d'ailes, un, deux, trois aigus projetés bien au-delà de leurs petits corps ébouriffés, lignes invisibles qui se dévident à l'infini dans les profondeurs d'autres corps, dans des dimensions insoupçonnées de l'espace et du temps.

Beaune-la-Rolande

Je suis allée à Beaune-la-Rolande en voiture, depuis Orléans qui est à une petite heure de là et où je suis accueillie par mon amie Géraldine pour la journée et pour la nuit. M'arrêter dans sa maison au bord de la Loire, si près de l'eau qu'on la croirait amarrée comme une péniche, est sans doute la meilleure idée que j'aie eue pour entrer dans cette partie de l'histoire de mes petites-cousines. Géraldine m'accueille tôt le matin au sortir du train, on prend un café dans le tumulte de la journée qui commence, ses deux enfants sur le départ pour le collège et le lycée et elle pour les rendez-vous de sa journée de photographe. Elle est posée ici aujourd'hui en même temps que nous, mais elle est dans sa maison comme une cigogne sur un bourrelet d'alluvions, détendant ses pattes, reprenant son souffle, entre deux reportages plus ou moins lointains – les lointains relatifs de son art qui donne l'air si proche à ce qui est loin, loin à ce qui est proche. Il est exceptionnel en tout cas qu'elle passe une pleine semaine sous son propre toit et j'ai eu de la chance de l'attraper. Je prends des forces dans les étages boisés, parmi les voix des enfants, et dans sa voix à elle pleine d'un accent roumain qui se dépose juste un peu dans les mots qu'elle prononce, à peine ralentis comme en une eau un peu plus lourde. Ses cheveux sont courts, ses yeux bleu turquoise, à moitié en pyjama elle a déjà aux pieds une paire de boots qui font sonner sa démarche, tout en elle est serti, brillant et clair.

Pas de noyade possible, ni d'abandon ni de pathos, en dormant ici dans cette maison, en récupérant les clefs de la voiture qu'elle me prête, nef idéale pour la route qui m'attend.

Attablée avec elle devant un fatras de portfolios et de livres, en surplomb du fleuve vert et noir, je lui explique mon itinéraire, la raison d'être là : Pithiviers et Beaune-la-Rolande aujourd'hui, et demain matin des archives ici même, dans le centre-ville d'Orléans.

Puis on se quitte, je récupère les clefs de son carrosse, un minivan sur lequel est scotchée une fenêtre en carton du côté du siège passager arrière, et elle me confie aussi sa collection de CD dans une housse noire posée à côté de moi, promesse d'ouvrir l'horizon de la route, de la faire basculer dans une autre dimension, rythmique, joyeuse, désespérée – tout dépend de ce que je glisserai dans la chaîne, entre Depeche Mode et Massive Attack. Je lance un disque, démarre – la fenêtre en carton donne un vibrato unique à tout ça.

Le camp de Beaune-la-Rolande n'existe plus. Il a été rasé après la guerre et à la place se trouve à présent un lycée professionnel agricole. Les vingt baraquements des internés se sont eux aussi fondus dans la vie agricole de la région : en 1947, ils ont été vendus aux enchères, et dans les années qui ont suivi transformés en granges pour stocker le foin, pour abriter les bêtes et les machines dans les exploitations locales. Un fragment de la baraque n° 4 a été retrouvé en 2005 chez un garagiste où il servait de cabine de peinture. Il a été restauré et installé dans la cour du Centre d'étude et de recherche sur les camps d'internement dans le Loiret (CERCIL), à Orléans, qui est à l'origine de l'essentiel des informations que j'ai pu trouver sur les circonstances des deux mois d'internement des six enfants. J'ai pu voir une carte du camp : des étudiants d'une classe de BTS-géométrie venus d'un autre lycée ont réussi, avec l'aide de leurs professeurs, d'historiens et d'archivistes du CERCIL, à repérer les anciens emplacements des baraques là où se trouvent actuellement des bâtiments de salles de classe. Des formes rouges évidées ont été tracées sur une photographie aérienne du site.

On peut aussi observer le camp par-dessus l'épaule d'un gendarme français identifiable à son képi et à sa silhouette capée dans le film *Nuit et Brouillard* d'Alain Resnais. Cette photographie fut censurée à la sortie du film en 1956, afin de laisser croire que le camp était gardé par les Allemands. Il n'en est rien. Parmi les personnes qui ont transité ici, les rares qui ont pu survivre et témoigner confirment que dans le camp elles n'ont eu affaire qu'à des Français, que ce soient des gendarmes, des douaniers ou des gardiens recrutés localement, tous français. Les Allemands ne se trouvaient pas dans le camp mais à la gare de Pithiviers, où ils réceptionnaient les internés livrés par les autorités françaises pour les faire entrer dans des convois à destination d'Auschwitz – ce qui se produisit six fois de suite, entre juin et septembre 1942, et trois fois encore dans le seul mois d'août de la même année, pour les convois d'enfants envoyés en région parisienne avant Auschwitz. Tout le fonctionnement de la gare de déportation de Pithiviers, pour faire évacuer les deux camps attenants de Pithiviers et Beaune-la-Rolande, tient dans ces quatre mois.

J'arrive plus de soixante-dix ans après la disparition des baraques et des barbelés que l'on aperçoit derrière le képi et la cape du gendarme inconnu de *Nuit et Brouillard*, appuyé à une balustrade. Je me gare à quelques mètres de l'entrée du lycée, à côté des deux tours rondes d'un château d'eau. Il n'y a rien ni personne alentour, que des champs, il fait froid et venteux. Je sors dans le soleil d'hiver, lumière si basse et si rasante qu'on pourrait la toucher, qu'elle semble avoir elle-même tracé les sillons dans la terre. Dans le silence j'entends juste, près du mémorial des internés assassinés, le câble du drapeau français qui tinte contre son pylône pendant que je lis les noms d'Hélia Kaminsky, de Nathan Russ, de Chava et Lysora Korman. Je me rends compte à cette occasion que Chava et Lysora ne sont pas côte à côte sur la pierre, ils sont séparés par deux autres noms à cause d'une faute d'orthographe sur le nom de Chava, inscrite Kortman – erreur que je signalerai plus tard au CERCIL, pour que soient rétablis le nom et la réalité du lien de famille, à leur juste place. Les noms des enfants sont réunis sur un deuxième mémorial : Mireille, Jacqueline et Henriette Korman, déportées presque deux années exactement après leurs parents – deux années et deux semaines.

Quand elles sont débarquées, en octobre 1942, le camp est presque vide. Rien de ce qui s'est commis ici ne se laisse plus deviner.

On met les filles dans le baraquement n° 16, qui est conçu, comme les dix-neuf autres, pour quatre-vingts personnes. En réalité, comme les autres il en aura enfermé au total plutôt quatre cents, avec une moyenne de deux cents personnes renouvelées au gré des arrivées et des convois. De tout le camp de Beaune-la-Rolande, le baraquement n° 16 est le seul où il reste des internés, environ cinquante. Les hommes sont installés à l'avant du bâtiment, les femmes et la vingtaine d'enfants restants à l'arrière, séparés par une cloison. Un seul autre baraquement est ouvert, le baraquement-cantine où, le dimanche après-midi, il est aussi autorisé de se réunir et de se distraire, faire de la musique, chanter.

Le soir du 10 octobre, les six filles descendent de leur camion. Sont-elles accueillies par le gendarme de la photo ou par un autre ? Quel est le protocole ? Une liste des arrivées dans le camp a été établie et, pour la deuxième fois au moins, des hommes en armes appellent leurs noms. Ils se retrouveront sur autant de listes à venir qu'il y aura de déplacements, internements, convocations. Depuis l'entrée où on les soumet à ce contrôle, les filles voient se profiler les granges géantes en bois brut, alignées comme des vaches à l'étable, et sont conduites devant l'une d'elles, la plus proche de l'entrée et du regard des gardiens. Elles y pénètrent par le flanc, la porte latérale destinée aux femmes et aux enfants. Des deux étages de planches qui servent de lits, on leur indique lequel leur est réservé, en angle, elles devront dormir là toutes les six. Le soir tombe, comme c'est octobre je me demande si elles l'ont vu tomber progressivement pendant qu'elles étaient encore dans le camion, pendant qu'elles patientaient à l'entrée du camp, ou bien s'il se dérobe alors qu'elles sont dans une cahute de gendarmes ou déjà rentrées dans le baraquement, comme cela se produit à cette saison – on entre quelque part et le temps qu'on discute, qu'on pose son sac, échange quelques phrases, quand on ressort il fait noir. Elles s'assoient sur la planche qui va leur servir de lit, qui est recouverte de paille et d'une couverture militaire.

Autour, dix-neuf baraquements vides, et verrouillés, tous de format trente mètres sur six, tous faits de planchettes juxtaposées, sans jointures qui protégeraient le bâtiment du vent, de la chaleur ou du froid, sans fondations. Simplement posés sur une dalle de béton, ils flottent sur la terre de cet ancien terrain de foot. Bâtiments-jouets comme ceux qu'on peut déplacer sur une maquette, qu'on peut sortir quelques heures et escamoter dans un coffre d'enfant, qu'on ne veut pas laisser traîner – comme en atteste la vente aux enchères aux agriculteurs du coin. Des bâtiments conçus pour disparaître, comme celles et ceux qu'ils auront abrités.

Dans les jours qui suivent, errant entre les granges vides, Andrée, Jeanne, Rose, Mireille, Jacqueline et Henriette peuvent apercevoir par les fenêtres les planches alignées des châlits, sur deux étages toujours de part et d'autre, où des centaines de gens se sont allongés dans les odeurs et les voix des uns et des autres, avant d'être évacués. Collant leurs fronts sur les vitres aussi fines et troubles que des écrans de sucre, elles peuvent voir l'intérieur, délabré avant d'avoir vieilli, et dans la travée centrale un pigeon qui s'envole d'un lit, se cogne au plafond et s'enfuit par une fenêtre ouverte. Des plumes, des chiures d'oiseaux sont dispersées ici et là.

Dehors, cela ressemble à un village fantôme dans un western, avec tout ce bois mal jointé et l'allée centrale rectiligne qui, entre les deux dizaines de baraquements, forme une seule rue en terre. Le personnel d'encadrement du camp qu'elles croisent dans les allées a été réduit, pas besoin de mobiliser tant de gendarmes pour vingt gosses et trente civils, peut-être ne reste-t-il plus que le gendarme au képi et à la cape de *Nuit et Brouillard* ainsi qu'un ou deux de ses camarades, peut-être ont-ils tombé le képi et la cape pour jouer aux cartes, ou faire une partie de foot de temps en temps avec les internés. Peut-être qu'ils sont sympas, tant que leur hiérarchie ne leur demande rien il se peut même que certains se montrent avenants, qui sait, avec ces petites.

Les six arpentent les allées herbeuses qui ont été foulées par des milliers d'hommes, de femmes et d'enfants deux mois plus tôt. Elles sont libres d'aller et venir tant qu'elles restent à l'intérieur des barbelés. Les grands bâtiments de planches vides, elles doivent se demander à quoi ils ont servi. Qui a dormi là, avant elles ? C'est plein d'objets égarés, à l'intérieur. À qui était ce mouchoir, aux initiales brodées ? Qui a dormi dans ces paillasses, ou mangé avec cette fourchette qui traîne sous la table renversée ? À qui est cette poupée ? Certains meubles en bois ont été fabriqués par les internés, on voit que ce sont des objets faits à la main avec des matériaux de fortune, trois chaises clouées qui ont amélioré l'ordinaire. Pour qui ? Ceux qui ont taillé dans ce bois dont sont faits les murs, le sol, les châlits, ont aussi fabriqué des miniatures de bateaux, pour les offrir à leurs enfants quand ceux-ci ont été autorisés à leur rendre visite. Un de ces bateaux, qui n'a jamais pu être donné, traîne sur une couverture. Je ne sais pas ce que leur répondent les internés restants, qui ont vu partir les autres. Comment tu t'appelles ? Quel âge as-tu ? Tu veux jouer ? Je suppose qu'ils essayent de faire un peu diversion, comme ils peuvent. Les adultes avec qui elles partagent le baraquement n° 16 s'ennuient comme elles dans les allées boueuses et certains préfèrent se taire plutôt que bavarder, risquer un mot de trop. Ce sont des personnes au statut litigieux, qui déplaisent pour diverses raisons en plus de leurs origines juives, des artistes, des militants politiques qui sont parfois protégés temporairement, alors ils sont encore là ou sont arrivés tard, comme elles. Elles s'arrêtent encore devant les portes et les poussent pour voir si l'une ne céderait pas, si elle n'aurait pas été oubliée et laissée ouverte telle une malle de caravelle après un naufrage, telle une partition qui traîne. Elles savent qu'elles sont fermées, verrouillées. C'est interdit de venir ici, où il ne se passe rien et où ça se voit qu'il s'est passé des choses. Il y a trop de baraquements vides pour trop peu de monde. Il y en a trop, parmi les autres prisonniers avec qui elles vivent, qui se lèvent le matin avec les yeux gonflés et fixes de gens qui n'ont pas dormi.

La nuit, elles sont six allongées sur la même planche, dans la paille. Juste avant, il y aurait eu autour d'elles plus de deux cents personnes, deux cents souffles se frottant et se recouvrant comme des vaguelettes dans la même nuit. On ne les entend plus.

Depuis l'arrestation des unes chez madame Mourgue, des autres dans la cour de récréation de leur école, les six filles ont été constamment sous surveillance. Sur les registres de la prison, sur ceux de l'entrée dans le camp, leurs six noms depuis deux jours sont liés, ceux des trois petites Korman, Mireille, Jacqueline et Henriette, et ceux des trois petites Kaminsky, Andrée, Jeanne et Rose. Est-ce qu'elles restent toujours groupées toutes les six ou est-ce qu'elles se réunissent par paires, en fonction des âges les plus proches, Jeanne et Mireille, dix ans toutes les deux, toujours ensemble, Rose, sept ans, avec Jacqueline, cinq ans, et Andrée, la plus âgée, treize ans, veillant sur Henriette, la plus petite, trois ans ? Ou bien restent-elles groupées entre sœurs de la même famille ? Ou les quatre d'âge moyen, Jeanne, Mireille, Rose et Jacqueline, ensemble pour jouer ? Ces alignements, ces échanges de places, pendant deux mois c'est une constellation à hauteur d'enfants, dans l'herbe et dans la boue. Six noms de filles qui s'appellent et se cherchent entre les baraquements.

Chaque matin, Andrée traîne une grande bassine jusque dans la travée centrale et aide à se déshabiller ses sœurs et presque sœurs. Elle aligne les cinq autres filles devant le châlit pour les asperger d'eau : Mireille, dix ans, Jeanne, dix ans, Rose, sept ans, Jacqueline, cinq ans, et Henriette, trois ans. Ça doit faire comme les Dalton, ou comme une flûte de Pan, l'eau froide leur arrachant des cris aigus. Il n'y a pas de salle de bains, pas d'eau chaude sauf le dimanche, et Andrée suppose qu'elle avait pensé à apporter du savon parce qu'il n'y en a pas sur place, ou peut-être madame Mourgue leur en a-t-elle glissé dans un bagage. Elles se nettoient comme elles peuvent. Chacune se débrouille sauf Henriette, qu'Andrée frotte et fait mousser. Andrée leur jette un nouveau seau d'eau pour les rincer. Elles se rhabillent avec les vêtements de la veille, qui deviennent de l'avant-veille puis de celle d'avant. Andrée s'accroupit à nouveau devant la plus petite pour s'occuper spécialement d'elle qui ne sait pas encore se rajuster, qui est plus lente, plus gauche et surtout, dit-elle encore, « c'était ma fille ». Elle explique : « J'avais cinq enfants », mais précise : « Henriette, c'était ma fille ».

Elles errent dans ce lieu restreint, ôtées à leur vie, à leurs parents, à l'école, enlevées aux rues médiévales de chansons, aux canaux tranquilles, aux livres, aux balades. Qui leur répond sur ce qui s'est passé ? On leur retourne leurs questions. Des adultes se dévouent pour jouer, aux devinettes, aux cartes. Elles font des batailles, lisent les livres qui traînent ici et là abandonnés au fond de la baraque-cantine ou sur des châlits inoccupés du baraquement n° 16. Il y a peut-être des pourvoyeurs, des hommes ou des femmes qui ne veulent pas qu'elles restent comme ça, en friche, qui savent ce que les enfants lisent à cet âge ou qui trouvent qu'il vaut mieux n'importe quoi tant que cela raconte autre chose, qui se passe ailleurs. Le musicien Worms pourrait être de ceux-là, ou la cantatrice Marguerite Solal : « Tiens, regarde, tu crois que ça va te plaire ? » Et la main robuste du violoniste, la main dodue de la chanteuse leur tendent des numéros de *L'Actu* contenant des épisodes épars du feuilleton *Mont Everest*, en compagnie des héros Nyctalope et Gnô Mitang. Ces mains leur tendent d'autres romans d'aventures formant le cru de cette année, *Premier de cordée*, ou *L'Île des perroquets*. Ou encore un exemplaire clandestin de *Pilote de guerre* de Saint-Exupéry, qui a un goût d'interdit et semble tombé du ciel.

Peut-être trouvent-elles d'autres livres pour se distraire, quelques polars, et de vieux journaux chroniquant une année révolue. Mais il ne faut pas trop rêver, c'est une enfance surtout abandonnée du monde et de la parole. Une infirmière de la Croix-Rouge nommée Madeleine Rolland est leur seul contact avec le monde extérieur. Âgée d'une cinquantaine d'années et native de Pithiviers, elle a commencé en soignant des blessés de la guerre de 1914 envoyés à l'arrière, longtemps avant de voir s'installer le camp d'internement. Elle a eu le plus grand mal à obtenir une autorisation de visite auprès de ses autorités. Mais elle se fait admettre une fois par semaine et s'astreint à livrer des crèmes au chocolat qui sont le vrai sommet de cette période pour les six filles. Quand elle arrive auprès d'elles, « mademoiselle Rolland » a travaillé tout l'été 1942 à Pithiviers et, bien que cela ne se voie pas, elle a les yeux pleins de cadavres, la tête et la gorge pleines de dysenteries graves, scarlatines, diphtéries, coqueluches et rougeoles. Elle a vu les files d'hommes tondus qui attendent sous le cagnard, et les femmes dont les mots s'écorchent dans les fils barbelés, criés à des enfants qu'elles ne retrouvent plus. Elle vient, une des rares personnes qui n'est ni internée ni cadre du camp, représentante d'une organisation aussi salutaire qu'insuffisante – elle fait partie des premières générations du contrat humanitaire, en présence desquelles les exactions peuvent avoir lieu sans être pires. Ces organisations font ce qu'elles peuvent collectivement, au gré de leurs missionnaires souvent loin de tout centre de décision et qui ont leur propre boussole. Dans tous les témoignages, Madeleine Rolland laisse une empreinte lumineuse. Chaque semaine elle est au rendez-vous pour les six filles, apportant les crèmes au chocolat Mont-Blanc dans leurs boîtes de conserve. Quand elle les quitte, elle se retourne pour les voir s'éloigner dans l'allée centrale vide où il n'y a ni jeux ni adultes responsables pour s'occuper d'elles, et vingt portes closes dont l'accès est rigoureusement interdit – toutes sauf la n° 16 et le baraquement-cantine.

Arrive un matin où l'une des six, je suppose qu'il s'agit d'une des deux aînées, s'étant éloignée pour être un peu seule, cherchant un endroit pour lire sans se geler, repère une poignée sur une des portes en bois qui a l'air d'être un peu fléchie. Ce serait bien de pouvoir entrer, pour y être tranquille. Elle trouve intéressant qu'un des autres bâtiments soit enfin accessible. Elle s'approche, pousse la porte qui cède immédiatement. En franchissant le seuil, elle sent que le silence est différent, que l'air a tourné : la lumière ne se répand pas sous la charpente de façon normale, elle est comme brisée par un obstacle. Elle lève les yeux. Depuis le centre de la voûte pend le corps d'un des hommes internés, de ceux qui crèchent à l'avant du baraquement n° 16. Il s'est servi de sa ceinture, qui était devenue trop grande pour lui ces derniers temps. Il a une quarantaine d'années – son âge hier encore, car à présent il a mille ans, et un teint de momie. Ses mains agiles à tenir un éventail de cartes à jouer, ou qui leur a tendu un bouquin une fin d'après-midi où elles s'ennuyaient, pendent enflées au bout de ses bras.

Celle des six qui se tient sur le seuil ne sait pas ce que ces yeux restés ouverts ont vu ici, ce qui est enfermé sous la cornée opaque, dans les taches noires qui ont déjà poussé près des iris. Baissant le regard, elle aperçoit le livre qui est tombé de sa poche, à trois mètres sous ses pieds, qui marque au sol l'endroit de son corps suspendu comme une ombre ou comme une tache d'urine, les pages écrasées contre le sol murmurant sans fin des mots invisibles.

Le camp ne s'est pas vidé d'un coup. Il a fallu trois mois pour rassembler et envoyer à la mort douze mille personnes, nombre qui inclut les internés du camp voisin de Pithiviers avec sa « Grande Baraque » – un gigantesque hangar où sont parquées deux mille cinq cents personnes à la fois, hommes, femmes, enfants, sans couchages ni sanitaires, rien. Les douze mille ont tous été évacués via la liaison spéciale Pithiviers-Auschwitz, ou sa variante pour les enfants, Pithiviers-Drancy-Auschwitz.

Trois mois, c'est lent à côté de l'évacuation du ghetto de la ville de Piotrkov d'où sont originaires Chava, Lysora et Nathan. Là-bas, la population juive, assignée depuis octobre 1939 dans un seul quartier, a été définitivement bouclée à l'intérieur de celui-ci au mois de mars 1942. À moins de s'être enfuis avant, il est possible que les parents, frères et sœurs de Chava, Lysora et Nathan soient enfermés dans ce périmètre de quelques rues avec vingt-cinq mille personnes. Ceux qui se retrouvent dans ce piège sont pour la plupart envoyés à Treblinka en quatre convois, quatre fois six mille personnes convoquées sur le quai de la gare de Piotrkov et poussées à coups de fusil dans les wagons plombés ouverts devant eux, pendant quatre journées successives d'octobre 1942. En quatre jours, presque plus personne ; les rues, les maisons, vides. En France, le processus est plus lent mais il les rattrape plus tôt : du pays où ils étaient venus se réfugier, Chava, Lysora et Nathan sont déportés en juillet, trois mois avant les juifs de Piotrkov, en Pologne, où ils sont nés.

Les camps par lesquels ils passent, dans le Loiret, sont en activité depuis longtemps quand ils sont arrêtés, ils se sont remplis loin des regards, bien avant que l'entreprise génocidaire ne soit décelable. Les baraques couchées de Beaune-la-Rolande, tels des chiens sommeillant dans la plaine, avalent en bâillant trois mille sept cents hommes en mai 1941 et elles les gardent là, dans l'ignorance du jour d'après, puis du mois d'après, puis d'une année encore. Parmi cette première population d'internés il n'y a que des hommes, ce qui permet pendant longtemps de croire à l'illusion de futurs camps de travail. Ces hommes adultes ont aussi la tare et l'avantage de ne pas avoir la nationalité française, c'est-à-dire qu'ils permettent de faire croire aux Français que cette affaire ne les concerne pas.

Pour les capturer, en majorité à Paris et en région parisienne, les préfectures se sont contentées d'émettre, et les commissariats d'arrondissement de leur adresser, un rectangle en papier de couleur verte, leur intimant de se présenter pour un « examen de situation ». La convocation dite « du billet vert » leur précisait de venir accompagnés d'une personne de leur choix, ce qui a permis de renvoyer dare-dare les camarades, collègues, épouses non convoqués pour aller chercher à leurs domiciles et rapporter au commissariat les vêtements, les livres, les effets personnels qu'ils estimeraient adaptés à une séquestration sans raison ni fin.

Déversés par train le jour même dans les camps du Loiret, mille sept cents à Pithiviers et deux mille à Beaune-la-Rolande, les hommes du billet vert reçoivent plus tard un droit de visite de leurs familles. Les champs de betteraves environnants voient passer au fil des semaines des bus et des trains, avec des femmes et des enfants qui viennent les embrasser dans le camp, les interroger sur ce qu'ils font, ce qu'on leur veut, et leur promettre qu'ils les attendent. Des femmes et des enfants à qui l'on dit qu'ils peuvent rester chez eux, dans leurs appartements parisiens ou banlieusards, dans leurs maisons, sur leurs lieux de travail, dans leurs écoles, où ils sont en sécurité – puisque ce sont des femmes, puisque ce sont des enfants. Dans le camp, toute une année, les hommes attendent. Paul Engelmann, un caméraman interné, reçoit la visite de sa fiancée. Elle lui fait passer en douce sa caméra dont les images nous parviennent aujourd'hui, un vol de cinq minutes entre les palissades et les baraquements, animal furtif qui s'accroche aux montants des châlits et capte les visages des hommes levés vers lui, longe les files d'attente pour la soupe, se pose sur les tables au milieu des jeux de cartes. La dernière image montre les deux tours blanches du château d'eau près duquel j'ai garé ma voiture, qui tremblent presque à se décomposer, avant que son auteur ne rende la caméra à sa fiancée pour qu'elle la remporte dans son sac, et qu'il ne soit emmené et assassiné.

D'autres images se sont échappées, avec le temps. Sur une photo, Szmul Lewin, qui porte une casquette blanche et qui est identifié dans un recueil d'archives par sa fille Paulette, joue aux cartes devant un mur de baraquement et les palissades du camp ; il sera déporté par le convoi n° 6. De face, à sa gauche, Chaskiel Cukier, en chemise blanche, et à sa droite, Willy Moszek Goldszmidt, seront déportés par le convoi n° 5. Il y a un quatrième homme avec eux en chemisette, les cheveux en bataille, qui fume, tient son jeu devant lui et regarde l'objectif en fronçant les yeux dans ce qui pourrait être un demi-sourire, Paulette ne l'identifie pas. Elle écrit : « Maman (Bluma Lewin) aimait tant papa qu'elle a tout tenté, frappé à maintes portes pour le faire sortir du camp. » Les hommes attendent. Sur une autre photo, Zalma Wojakowski s'est assis devant une petite table, dans l'allée herbeuse entre les baraquements, il a posé devant lui une feuille blanche, un encrier et une photo de sa femme avec leurs deux filles, il a un stylo à la main, il était en train d'écrire, à elles trois peut-être, quand le photographe est venu. Ils attendent et pendant ce temps leurs noms d'étrangers, leurs noms de Polaks aux consonnes qui se heurtent ont été consignés dans des registres dont ils ignorent la finalité. Ils attendent à en crever d'ennui et d'une douleur d'ignorance qu'il m'est difficile de me figurer, et les autorités du camp les prêtent comme main-d'œuvre gratuite aux exploitations agricoles alentour. Ils attendent après avoir obtempéré à des ordres de la préfecture qui leur a menti, qui a fait précéder leur enfermement par une humiliation, un piège miteux reposant sur leur peur de faire du tort à leurs familles, s'ils désobéissaient.

Tandis que j'essaye de comprendre cette histoire, et de trouver les mots pour dire ce qui est arrivé à mes petites-cousines et à ceux qui les ont précédés dans les camps de Pithiviers et de Beaune-la-Rolande, tandis que je découvre l'accumulation des signes de négligence et des signes de cruauté qui ont permis que ces choses-là se produisent, je ne pense pas gagner beaucoup en sagesse. Si j'avais une seule morale à tirer de tout cela, à transmettre à mes enfants ou à n'importe quel ami dont la vie m'est aussi chère que la mienne, ce serait de prendre la mesure des mensonges putrides dont est capable un État jusqu'à assassiner ceux dont il a la protection avec la bonne conscience qui s'autorise des tampons de commissaires, et la respectabilité des signatures de sous-préfets ayant l'honneur de s'adresser à leur préfet, ou de préfets déférant à leur ministre avec des listes de noms d'enfants.

La formalité humiliante du billet vert aboutit à une séquestration qui dure un an et deux mois. Les hommes aux noms de consonnes qui se heurtent sont les premiers à quitter les camps de Pithiviers et de Beaune-la-Rolande, à être enlevés au bois dénudé des cabanes, à la terre hirsute du vieux terrain de foot. Leurs corps, leurs pas et leurs voix disparaissent en trois semaines par les convois numérotés 4, 5 et 6, afin de faire de la place pour les familles qui sont raflées à Paris et qui, en attendant cette évacuation, sont enfermées dans l'ellipse du Vélodrome d'Hiver. Au moment de remplir le convoi n° 6, les autorités françaises et allemandes se rendent compte qu'il n'y a plus assez d'hommes du billet vert pour parvenir au nombre chaque fois visé de mille personnes. Une battue est ordonnée à travers toute la région, de Dijon à Nevers, d'Auxerre à Montargis, et permet de réunir neuf cent vingt-huit personnes poussées sur le quai de la gare de Pithiviers le 17 juillet 1942, parmi lesquelles se trouvent Chava, Lysora, Nathan et Hélia.

À chaque fois, le camp fait le vide. Les familles parisiennes, les huit mille hommes, femmes, enfants, français et non français en provenance du Vél d'Hiv, arrivent dans des lieux vides, eux et les trois mille hommes étrangers du billet vert ne se croisent pas. Mes cousines, à leur tour, ne voient pas les familles du Vel d'Hiv qui les ont précédées ni même les enfants, partis en dernier.

Il y a eu des atermoiements, concernant les enfants. Fallait-il ou ne fallait-il pas les déporter ? Ce n'était pas clair dès le début, mais à l'arrivée des filles, le statut des enfants est réglé.

Dans un premier temps, contrairement à la demande de Pierre Laval, les Allemands ne voulaient pas convoyer les enfants. Le chef du gouvernement français ne voulait pas séparer les familles, c'est-à-dire ne pas avoir à garder les enfants seuls. Les Allemands, de leur côté, ne voulaient pas avoir à garder les enfants vivants dans les camps, ils voulaient qu'ils soient exécutés tout de suite ; ils font donc venir très majoritairement les adultes tant qu'il n'y a qu'un seul four crématoire à Auschwitz, jusqu'à mars 1943. Ce qui se trame en France en ces jours de juillet et qui autorise à séparer les familles, à tergiverser sur les catégories d'âge qui méritent ou non de vivre, à entasser des milliers de personnes dans des espaces insuffisants, sans nourriture, sans hygiène, est une logique de gestion des cadavres, et de capacité en cours d'augmentation à l'autre bout des rails.

Dans l'attente d'une réponse claire du commandement allemand, la France fut le haut lieu d'une conversation pour savoir s'il valait mieux déporter les enfants avec leurs parents ou épargner les enfants en séparant les familles, pour finir par déporter les parents, puis séparément les enfants. Depuis Beaune-la-Rolande et Pithiviers, dans la deuxième quinzaine de juillet 1942, tant que ce débat a été en suspens, on enleva aux enfants leurs pères et leurs mères. Il existe une lettre du préfet d'Orléans à la direction des camps du Loiret pour promettre des moyens supplémentaires afin qu'ils soient bien traités, et pas un mot de cette lettre n'est vrai. À l'intérieur des palissades, les quatre mille cent quinze enfants du Vél d'Hiv restèrent seuls.

Cela se passe en juillet et en août, au creux de l'été, quand des groupes d'enfants sont réunis ici et là dans la campagne, les chemins forestiers, les maisons de bord de mer, les colonies de vacances. Cela se passe sous le grand soleil des grandes vacances chèrement acquises par le Front populaire dont plusieurs responsables ont déjà été mis à l'ombre des cachots ou ont été fusillés. La chronologie de cette histoire se brode au calendrier de la mystique païenne et chrétienne de l'été, rafles et convois sont programmés en grande partie entre la fête nationale du 14 juillet et l'Assomption de la Vierge le 15 août, des dates en chemisette et en maillot de bain.

À quoi peut ressembler un lieu où vivent trois mille enfants sans parents, presque sans adultes, un camp en rase campagne où il n'y a presque pas d'installations sanitaires, presque pas de nourriture ? Le tumulte de la cour de récréation d'une école primaire dans une grande ville compte environ trois cents ou quatre cents enfants. Ici, c'est dix fois plus. Pourtant il n'y a pas de bruit. Les quelques assistantes sociales qui sont sur place racontent comment les enfants ont vu partir leurs parents, comment les parents ont été arrachés à leurs enfants. Elles écrivent dans leur journal qu'ils crient, pleurent, au début, mais qu'au bout d'un moment ils ne parlent plus. Ils posent encore quelques questions : « Mademoiselle, je veux savoir quand on va rejoindre nos parents. Je suis tout seul, j'ai neuf ans et demi, je veux savoir » ; « Mademoiselle, quand c'est qu'on va rejoindre nos mères ? » ; « Je voudrais écrire pour m'occuper parce que je deviens fou » ; « Je suis tout seul, je deviens fou ».

Elles racontent l'impossibilité de porter secours. Des enfants de tous les âges, certains d'à peine un an, jusqu'à treize, quinze ans, atteints de dysenterie et subissant les épidémies de rougeole, la diphtérie, ainsi que l'impétigo, une bactérie qui attaque la peau en laissant des plaies suppurantes. Ils mangent de l'herbe, demandent encore où sont leurs parents puis ne demandent plus rien. Vomissent. Se grattent la peau irritée par les poux.

Le 13 août arrive un télégramme des Allemands : « Autorisation déporter les enfants », et dès le 15 août des convois entiers d'enfants sont formés. Lors de la négociation qui a précédé ce télégramme, les autorités allemandes ont indiqué qu'elles ne voulaient pas de convois d'enfants seuls, un ratio doit être établi de trois cents adultes pour cinq cents enfants. Or, le plus souvent, les parents étant déjà partis, leurs enfants sont réunis dans des convois avec d'autres adultes qu'ils ne connaissent pas. La police les met avec les gens qui restent pour donner l'impression à ceux qui verront passer les trains qu'on ne sépare pas les familles, alors qu'on les a recomposées comme des assemblages de mannequins de cire dans une vitrine. Le détour par Drancy est fait pour récupérer des adultes internés et permettre ce réarrangement. Le convoi du 15 août est celui où se trouvent le plus d'enfants seuls, mille cinquante-quatre, rassemblés avec deux cent dix-huit femmes et cinq hommes. Dans les convois suivants, les 17 et 22 août, le ratio demandé est à peu près rattrapé, trois cent un adultes et cinq cent trente enfants puis quatre cent vingt-six adultes et sept cent soixante-dix-neuf enfants. Dans le dernier convoi, le ratio se dégrade faute d'adultes internés dans le Loiret, tous déjà déportés. Le 25 août arrive à Drancy un convoi presque entièrement constitué d'enfants, près de huit cents. Trois cent soixante sont envoyés à Auschwitz dès le lendemain, et quatre cent vingt-sept deux jours après, le 28.

Débarqués à la gare de Drancy, ils sont mis dans des autobus. Quand s'ouvrent les portes des trains, ils sortent environnés de nuées d'insectes. Georges Kohn, un interné qu'on ne déporte pas parce qu'il est « marié à une Aryenne » et qui observe le camp depuis ses fonctions d'administrateur forcé, promu responsable de la vie quotidienne de ses codétenus, décrit dans son journal les préparatifs pour le convoi du 28 août, dont les cinq cents enfants sont accompagnés par « des vieillards, des impotents et tous les malades ». Les enfants sont appelés un à un : « Au moment de l'appel des partants, le matin, en pleine nuit, à l'appel d'un nom, on voit un petit bonhomme de trois ans et demi sortir sans bagage, sans couverture, sans rien, et parcourir seul d'un pas assuré les cent mètres qui le séparent de la file d'attente près de l'autobus. »

D'autres fois, le nom d'un enfant se perd. Certains sont mis dans les convois alors qu'on ne sait plus comment ils s'appellent. Avant la déportation de leurs pères et mères, pour faciliter leur identification, on avait écrit le nom des plus petits sur un vêtement ou sur un bracelet, ou cousu à leur manteau comme pour un premier jour d'école. Je pense au bracelet de naissance qu'on donne dans les maternités, pour éviter les échanges de bébés, et les angoisses existentielles ou comédies de mœurs qu'ils inspirent, en cas d'inversions entre petits princes et petits bergers. Et là, souvent, les noms sur les bracelets se sont effacés, ou les plus jeunes ont joué à se les prêter comme on le faisait dans la cour d'école quand j'étais petite avec les billes, les pogs, les images Panini. Ils partent, on ne sait plus comment ils s'appellent.

Un dernier convoi quitte le Loiret le 23 septembre. Après cela, la gare de Pithiviers n'est plus utilisée comme gare de déportation. Le camp de Beaune-la-Rolande avec ses dix granges de bois flottant sur la boue de l'ancien terrain de foot, et son jumeau de Pithiviers avec sa Grande Baraque, ont fini leur office. Il reste Jargeau, à quelques kilomètres de là, où l'on enfermera les Tsiganes par centaines, sédentarisés de force et assignés dans le camp de longs mois encore après que la guerre aura cessé. La suite de la déportation des juifs se fera entièrement depuis la banlieue parisienne à Drancy, à seulement dix kilomètres au nord-est de la place de la République, après que les mois de juillet et août 1942 ont fini d'abolir toute censure concernant les catégories d'âge, le sexe ou la nationalité.

Le soir, autour des tables du baraquement-cantine, il reste une soixantaine de personnes, sur les douze mille précédemment internées.

Ceux qui ont laissé le plus de souvenirs aux filles sont les artistes, liés au monde du théâtre et du spectacle : deux qu'elles ont déjà aperçus, le musicien Worms, qui chante « Johnny Palmer » et d'autres chansons de l'époque, en s'accompagnant à la guitare, ainsi que la cantatrice Marguerite Solal. Il y a aussi un homme assez célèbre à l'époque dans le monde du spectacle et de la nuit, Max Viterbo, qui est dramaturge, auteur de chansons pour le café-concert, et directeur du théâtre La Cigale à Paris. Enfin, une dame un peu âgée dont le nom ressemble à un pseudonyme mais qui n'en est pas un, « madame Jeanne Montefiore », qui écrit des livres pour enfants. Jeanne Montefiore c'est son vrai nom, celui qu'on retrouve sur les registres du camp, puis sur les listes des personnes déportées.

Dans ce centre gadouilleux loin de la moindre côte se trouve même un officier de marine : le vice-amiral Kanapa. Son nom, à le voir dans cette assemblée, pourrait être celui d'un personnage de comédie musicale mais c'est un authentique amiral, un militaire juif haut gradé que les autorités françaises remercient comme un Dreyfus, en le mettant là.

On rencontre aussi dans le camp Adélaïde Hautval, médecin psychiatre, une fille de pasteur protestant, originaire d'Alsace, qui vit, travaille et loge à l'infirmerie. Elle ne passe pas inaperçue : c'est une grande femme aux cheveux courts, au visage carré. Âgée de trente-six ans, elle a été arrêtée alors qu'elle essayait de franchir la ligne de démarcation à Vierzon en avril. Mais elle est surtout internée pour un fait de résistance isolé, spontané : dans la prison de Bourges, elle a protesté contre le traitement infligé à une co-internée juive qui venait d'être raflée, elle s'est bricolé une étoile jaune avec un morceau de papier qu'elle a épinglé sur sa veste, puis elle a refusé de retirer ses propos. En tant qu'« amie des juifs », elle est envoyée en juin à Pithiviers et fin septembre à Beaune-la-Rolande – dix jours avant les filles. Elle ne dîne pas toujours à l'infirmerie. Il peut lui arriver d'être présente dans le baraquement-cantine et d'assister à certaines réunions, de partager certains repas.

Il y a une quinzaine d'enfants, dont les six filles.

Cette troupe improvisée, cette compagnie qui ne s'est pas cherchée se réunit pour des concerts, des lectures le dimanche.

Quelqu'un prononce un hommage, ils lisent quelques textes le jour où l'on dépend le suicidé, et où son corps est emmené pour être enterré. Ils rappellent son nom et évoquent quelques souvenirs qu'il a pu leur confier sur sa vie d'avant, quelques mots sur les gens et les choses qu'il aimait.

À la fin du premier dîner, le premier soir, alors que les convives sont en train de quitter le baraquement-cantine, les enfants entendent une voix féminine qui les interpelle : « Restez un peu, il ne fait pas très froid. » Ils se tournent, s'arrêtent sur le seuil pour voir celle qui les a hélés. À l'intérieur il n'y a déjà plus personne, on distingue juste les tables en bois sous la lampe à pétrole instable, et les chaises vides hérissées de clous mal rentrés.

La nuit tombe en poudre sous les miradors et ce n'est pas vrai, ce que dit la femme, il fait froid, et le n° 16 semble loin à qui ne connaît pas encore son chemin dans l'obscurité. Cela inciterait à ne pas s'éloigner du reste du groupe. Les enfants aperçoivent les derniers internés qui se dépêchent vers le dortoir avec leurs ventres aussi vides que les leurs, vides à risquer de s'envoler.

Ils voudraient les rejoindre, mais ils n'arrivent pas à quitter cette silhouette, à détourner les yeux de ce visage qui les intrigue. Sur le seuil de la baraque, celui-ci se dessine en un camée jaune et gris mouillé par les rayons de la lampe-tempête, là-bas derrière. C'est un visage ridé et grimé, le fard s'étale et se condense sur les yeux et les joues en aplats et en nervures, au gré des accidents de la peau, rides, cicatrices, grains de beauté. Jeanne Montefiore resserre un châle en laine sur ses épaules en répétant « Il ne fait pas froid » et, l'ayant noué sur sa poitrine, ayant libéré ses mains, elle tâtonne au fond des poches d'un vêtement ample qui tient du costume de gouvernante moliéresque, mais aussi un peu de la robe de chambre. Elle en extrait une cigarette qui fait rougeoyer ses ongles et ses lèvres, puis pose sa main sur l'épaule de Jeanne. « Est-ce que vous connaissez l'histoire de Robin et de ses bêtes ? » Les petits se regardent sans comprendre, elle relance : « Un livre que j'ai écrit. » Personne ne lui répond bien sûr, qui donc a tout lu ? Ou si l'un d'eux l'avait chez lui, il n'est pas certain qu'il répondrait. Elle poursuit – on sent qu'elle crâne un peu : « Non ? Eh bien c'est l'histoire d'un petit garçon de votre âge, Robin, qui est le fils du gardien du zoo. Si bien qu'il vit avec son père et sa mère à l'intérieur du zoo, un endroit entouré de clôtures. » Elle réfléchit. « Un peu comme ici, en fait. Venez, on va faire un tour, il faut pas trop s'approcher des clôtures mais on va faire attention. » Elle prend un petit mètre d'avance en embarquant Jeanne, dont les sœurs et les presque sœurs se rapprochent, puis les autres enfants. La promenade commence le long des clôtures et des barbelés. « Ils ont une maison vers le milieu du parc, entre les cages des grands singes et les fossés des hippopotames. Tous les matins, Robin peut aller rendre visite aux ours et leur porter des victuailles. Et tous les soirs, quand il rentre de l'école, il peut aller écouter les battements d'ailes des pélicans et des bernaches, à l'intérieur des volières hautes comme des palais. »

J'ai vu le livre à la Bibliothèque nationale de France, avec sa couverture en tissu écru orné de fleurs et de deux fauvettes roses, illustration qui figurait sur tous les titres de la « Bibliothèque blanche » de Hachette. L'ouvrage est préfacé par l'écrivain André Demaison, qui a gagné sa fortune littéraire en célébrant les animaux sauvages découverts quand il était dans la Coloniale. Celui-ci est en train de se hisser directeur de la Radiodiffusion nationale de Vichy, tandis que Jeanne est internée. À l'intérieur du livre, des gravures noires au trait élégant illustrent la vie tranquille de Robin auprès de ses parents. Leur zoo est une planète en miniature à l'abri de tout malheur et chaque chapitre est une rencontre et une aventure avec un nouvel animal épanoui et content.

Jeanne restitue aux enfants qui la suivent le souvenir de ces pages. L'herbe commence à sentir plus fort, l'air devient à la fois plus lourd et plus froid, il fait frissonner comme un manteau de laine humide qu'on vous jetterait sur les épaules. Jeanne Montefiore continue la balade avec son auditoire aux pieds mouillés. « Robin est le seul à savoir que le gibbon possède la clef de sa cage et que la nuit il se balade en liberté. Il le sait parce que certaines fois, le gibbon emmène Robin avec lui. Il vient le chercher en frappant au carreau de sa chambre et ils vont se balader partout dans le zoo… Et il le ramène le matin, avant de retourner dans sa cage. »

Les jours suivants, Jeanne rassemble tous les après-midis et tous les soirs les enfants qui traînent dans le camp, et se charge de leur faire faire une promenade tout en racontant des histoires qui s'étalent en feuilletons. Les enfants se mettent à la surnommer Grand-Mère et, sous ce nom de scène, elle leur fait des récits dont Andrée me dit qu'ils étaient « toujours pleins d'espoir ». Elle est spécialisée dans les évasions : des histoires de prisonniers qui passent la ligne de démarcation cachés dans des trains ou qui s'enfouissent dans des charrettes à foin avec la complicité de curés ou de fermières. Ou qui, tels mes grands-parents et ma tante, exactement en ce même mois d'octobre, franchissent à pied des cols de montagne.

Très peu de temps après l'arrivée des filles, un nouvel enfant rejoint le petit groupe autour de Grand-Mère. Le petit Jean-Marie Albert est amené par un soldat allemand qui le tient par la main. D'après les souvenirs d'Andrée, et ce qu'elle a pu reconstituer par la suite ainsi que les informations qu'on trouve au CERCIL, son trajet récent est pareil à celui des filles, de mal en pis : après que ses parents ont été raflés en juillet, il est resté sur le trottoir avant d'être mis à l'Assistance publique. Puis des gens qui avaient un peu connu ses parents à Orléans, le patron de son père et sa femme, ont demandé à s'occuper de lui et ils l'ont pris sous leur toit aussi longtemps qu'ils ont pu, jusqu'à ce qu'il soit envoyé à la prison de Tours. À travers tous ces témoignages se dessine une histoire d'adoption empêchée, que l'horreur a permise, puis interrompue. L'enfant qui arrive est si mignon… Tout le monde remarque ses vêtements, car il a été très choyé par le couple avant de lui être enlevé. Andrée décrit : « Il portait un manteau bleu chiné, avec un col, des poignets et quatre boutons de velours bleu marine : le même genre de manteau que John-John Kennedy le jour de l'enterrement de son père, le président des États-Unis. »

Le 15 octobre au soir, Jean-Marie vient s'allonger avec les six filles sur la paillasse. Il rejoint les sœurs et les presque sœurs à qui Andrée fait la toilette le matin, à qui elle distribue du pain. Elle l'emmène avec elles dans leurs promenades. Ayant l'âge d'Henriette, je suppose qu'il doit jouer un peu avec elle mais pas longtemps, pas beaucoup, il a l'air fatigué, il est pâle, et se plaint d'avoir mal à la gorge.

Le 19 octobre, il est admis dans l'infirmerie sous-équipée d'Adélaïde Hautval. Lui faisant ouvrir la bouche, tirer la langue, tâtant son front brûlant, celle-ci n'a pas de difficulté à reconnaître un cas de diphtérie – un genre d'angine, où la muqueuse de la gorge et des amygdales se couvre d'une membrane blanche, et qui cause de la fièvre.

Adélaïde demande illico le transfert à l'hôpital voisin de Pithiviers. Le transfert est refusé. Adélaïde insiste : c'est un cas grave, mais une maladie qui se soigne bien si on intervient à temps. L'hôpital n'est-il pas juste à côté ? Les autorités du camp réitèrent leur refus.

Le 29, le petit garçon qui ressemblait à John-John Kennedy le jour de l'enterrement de son père décède. Les autres internés ne tardent pas à l'apprendre, et Grand-Mère emmène les enfants qui restent cueillir des fleurs dans le camp : des pissenlits, des chardons, ce qu'on trouve dans ce genre de boue, dont ils font une couronne pour la déposer sur son cercueil.

Le soir, dans le baraquement-cantine, les enfants se succèdent pour lire des poèmes. On les fait monter sur la table. Jeanne en dit un que Max Viterbo lui a confié : « Un ange vivait parmi nous ». La petite prononce aussi bien qu'elle le peut les mots fraîchement écrits : « Il est parti très loin des hommes, / Fuyant le royaume des fous, / Des pauvres déments que nous sommes. » C'est un poème très pieux qui évoque l'enfant monté au ciel près d'un Dieu attentif qui le recueille avec soin. À le lire on dirait qu'après les parents adoptifs, après la nourrice, la prison, le camp, il a trouvé enfin un refuge stable. Dans la strophe finale, l'enfant mort, devenu éternel, prépare le bonheur pour nous autres ici-bas, mais Dieu, quant à lui, « prépare sa sentence » – ce sont les derniers mots du dernier octosyllabe et je ne sais sur quel ton les prononce Jeanne, crainte ou menace, perplexité ou conviction, devant ces visages assemblés sans l'avoir voulu, celui de Grand-Mère et d'autres qui se voilent dans la fumée des cigarettes, Craven, Gauloises, dont les achats sont consignés par les autorités du camp, devant tous ces gens à qui on a fait comprendre que même malade, même âgé de trois ans, on ne sort pas vivant d'ici.

Le lendemain, le cercueil de Jean-Marie est rendu au couple qui l'avait recueilli à Orléans – le patron et sa femme, rappelés pour venir récupérer le corps du petit garçon qu'ils avaient chéri, quinze jours après avoir été forcés de le confier à la police. Dans les jours qui suivent ils lui font faire une tombe en marbre au cimetière de Beaune-la-Rolande afin que ses parents puissent le retrouver s'ils revenaient, mais jamais ils ne reviennent.

On aperçoit le petit Jean-Marie Albert, sa silhouette soignée, au seuil du livre qu'Adélaïde Hautval a écrit après son retour d'Auschwitz. L'enfant dans sa redingote bleue se tient au début du témoignage qu'elle a rassemblé dès 1946, le cœur et la peau encore dans la boue de son expérience, et qu'elle ne publiera pas de son vivant. Jean-Marie n'est pas le premier de ses patients dans les infirmeries des camps, loin de là – mais ce « petit compagnon de trois ans et demi » qui partage sa chambre pendant quelques jours, ce « gosse très mignon et intelligent » est un de ses derniers patients sur le sol français. Il précède et annonce une cohorte hagarde dont elle n'a pas encore idée.

L'ouvrage est finalement publié en 1991, trois ans après sa mort, par son amie résistante Anise Postel-Vinay. Il porte ce titre monstrueux mais qui reflète une réalité aujourd'hui bien connue des camps d'extermination : *Médecine et crimes contre l'humanité*. Avec ce sous-titre : *Le refus d'un médecin, déporté à Auschwitz, de participer aux expériences médicales*. Le mot de « refus » sur la couverture est l'un de ceux qui racontent le mieux Adélaïde Hautval.

Dans ces pages qui assemblent des souvenirs ainsi que des extraits de son journal et de lettres, on trouve tout le récit de son internement. Le Loiret n'est qu'un début, l'essentiel de son témoignage est consacré à ce qu'elle va traverser à Auschwitz, et à sa confrontation avec les médecins tortionnaires nazis Josef Mengele, Carl Clauberg « et ses acolytes Goebel et Buehning », qui exigèrent son assistance pour exercer des tortures sous couvert d'expériences. Adélaïde Hautval raconte comment elle a refusé, limité son aide, réitéré son refus autant de fois qu'elle l'a pu et négocié en permanence l'équilibre qui lui a permis de survivre et d'aider d'autres internés, puis de survivre et de devenir un des témoins majeurs aux procès de certains criminels nazis, ou un des témoins majeurs de leur absence de procès. Elle conserve jusqu'au bout sa puissance de refus, avec une haine et un humour intacts par exemple dans l'article de revue qui commence par ces mots : « C'est avec un profond soulagement qu'en août 1957 certains d'entre nous ont appris la mort de Clauberg dans sa prison, à Kiel » – article chirurgicalement intitulé « L'abcès Clauberg ».

En décrivant de façon clinique le passage des camps d'internement français à Auschwitz, Adélaïde Hautval observe le hiatus qui existe entre l'incarcération dans le Loiret, avec ses « conditions de vie mesquinisées », et le gouffre du camp d'extermination. Elle se méfie d'informer le début par la fin, elle laisse les prophéties à des enfants « comme des épaves », ou à ceux qui deviennent fous dans les infirmeries de Pithiviers et de Beaune-la-Rolande.

Pourtant, au travers de son corps-médecin elle les fait aussi apparaître bout à bout au sein du même système. La privation d'hygiène et de soins commence dès le territoire français, dès le sol « mauvais au possible, cabossé, boueux dès qu'il pleut, fatigant » du camp de Pithiviers, et l'intérieur de ses douze baraques où fermentent la saleté, l'insomnie, les cris. Elle saisit dans sa chair ce qui fait de ces lieux de mêmes organismes, comme elle saisit la continuité de son corps de soignante avec celui de ses patients avec qui elle partage l'insalubrité, les contaminations. Elle prend une joie de salle de garde à exposer sa propre diphtérie dans une lettre à sa sœur : « une belle diphtérie unie, classique, qui aurait pu servir de modèle à un auditoire d'étudiants de troisième année ». Au filtre de sa sensibilité de médecin, elle relève les signes d'humiliation et d'abandon qui sont déjà là telles les toilettes qui débordent de colique, et la multiplication cataclysmique des poux et des puces à Pithiviers. Puis elle raconte le train de marchandises où elle est mise dans le noir avec ses congénères pour atteindre Beaune-la-Rolande, treize heures de roulis pour vingt kilomètres de rails, tous assis sur le sol autour d'un récipient où s'accumulent les excréments qu'on finit, tels les naufragés d'un canot, par écoper avec une boîte de conserve pour les jeter par la fenêtre.

À travers ces observations, ces vingt kilomètres sont déjà un morceau des mille qui mènent en Pologne. Pithiviers et Beaune-la-Rolande sont déjà un morceau d'Auschwitz, pourtant aucun de ceux qui sont conduits là-bas ne porte par avance l'empreinte de sa mort – seuls les bourreaux les regardent ainsi. Si on veut se soustraire à ce regard, il faut essayer de garder en respect ce que l'on sait de la fin. Il faut essayer de donner à chaque journée des dimensions semblables si l'on veut laisser ces petites filles dans leur âge, dans l'aura de leur duvet d'enfants, et ne pas en faire des cadavres debout. Pour ne pas leur donner de stigmates invisibles, par avance, alors qu'à tout moment de leur parcours je sais que l'étrangeté et la violence qui déforment leur quotidien, ce sont les échos du camp d'extermination, les répliques et les radiations de ce lieu où les génocidaires ont décidé de les mener. La réalité du camp d'internement, puis des foyers et des dortoirs où on les place, est comme la croûte terrestre déformée par cet épicentre, ou comme la peau cloquée, fendue par une maladie qui s'est déclarée dans un organe invisible. Ce sentiment m'atteint à Montargis, la province dormeuse où tout le monde se connaît, où le policier qui vient arrêter Andrée est le père d'une de ses camarades de classe. Je le retrouve dans la boue de l'ancien terrain de foot devenu camp de prisonniers, et enfin à Paris dans ces lieux qui ont été des crèches, des asiles de personnes âgées, convertis en orphelinats. Partout il y a une puissance qui déforme et creuse les lieux, les visages, et qui, tout à la fois, est absolument invisible. D'autant plus invisible que les enfants sont dans le régime de l'enfance où la métamorphose est la règle, où l'anormalité n'existe pas, ou pas beaucoup, et que les filles dont je parle regardent les choses depuis l'intériorité du quotidien. Le déplacement du massacre à des milliers de kilomètres crée cet ordinaire en trompe-l'œil. C'est comme cela que l'on se retrouve bientôt avec la vision aussi étrange que banale d'un groupe de petites filles seules dans Paris, sur un quai de métro. Elles sont tout au fond du quai car elles ont l'interdiction d'être mêlées aux autres passagers, et portent une étoile jaune sur leurs manteaux et les cheveux coupés ras.

Je regagne ma voiture, je rentre. C'est une campagne incroyablement plate tout autour. À gauche et à droite du paysage, on dirait que la Terre s'incurve et que l'on va tomber à l'infini, comme depuis une planète d'avant Galilée. Cette platitude interminable a quelque chose d'ironique et de cruel : le vide des champs, l'air sans obstacles sur des kilomètres donne à penser qu'il n'y a nulle part où se cacher. On se voit courir et s'abriter derrière une meule de foin que le vent dispersera, à l'intérieur d'une grange d'où les chiens vous chassent, derrière un arbre orphelin prêt à vous dénoncer. Au-dessus de ma tête, le ciel me traque. J'aperçois une averse arriver de très loin, les nuages qui conspirent en un gris dont le métal est d'or et d'argent à la fois, puis ces nuages se brisent, ils se lâchent sur mon minivan stellaire et musical. Quand ceux-là ont fini de craquer d'autres sont déjà là, captant dans leurs contours le peu de lumière qui subsiste et des masses d'oiseaux migrateurs passent à leur tour, on dirait qu'ils imitent leur forme bombée, puis ils se quittent et palpitent, s'allongent en flèche et se regroupent. On se sent dans l'espace plutôt que sur la terre.

Chez Géraldine, on dîne et on bavarde longtemps. Elle me raconte des événements marquants de sa vie de photographe ces dernières années.

Un jour elle a perdu son matériel, des milliers d'euros d'appareils et des milliers de photos et de jours de travail en un instant, une journée qui s'est terminée les poings dans les poches, à comprendre qu'il ne lui restait plus que ses yeux et ses mains vides pour continuer.

Elle a aussi perdu un amoureux, il y a deux ans, parce qu'il voulait à tout prix qu'elle le rejoigne un jour où elle avait prévu un reportage photographique sur un accouchement, dans une maternité d'Orléans. Le rendez-vous amoureux était fixé, les billets de train réservés, mais la naissance n'était pas programmée, bien sûr, à un jour près, comment pouvait-elle savoir ? À la suite du coup de fil du père, à trois heures du matin, quand Géraldine a titubé hors de sa couette et tâtonné pour rassembler ses fringues et son matos, remontant la nuit jusqu'à la salle de naissance, elle n'a plus du tout pensé à son autre rendez-vous, son autre engagement. Elle voulait seulement et à tout prix capter les images d'accouchement.

Un autre jour, une agence l'a mandatée pour aller photographier une artiste dans un village près de Lyon. Au téléphone, la voix de cette femme lui a plu, elle lui a même évoqué quelque chose, et Géraldine a décidé de faire le déplacement. Quand la femme lui a ouvert sa porte, elle s'est retrouvée face à celle qui l'avait accouchée de son deuxième enfant, son garçon. Elle la retrouvait devant son objectif comme douze ans plus tôt entre ses cuisses – les mêmes yeux, les mêmes mains, le même sourire qui avaient accueilli son fils.

Finalement, je montre à Géraldine les photos que je possède des petites filles que je suis venue chercher. Elle regarde attentivement les visages de celles qui sont mortes : « Là, c'est mes petites-cousines. » Elles sont prises le même jour et au même endroit, en promenade : une photo d'Henriette seule, et une photo des trois sœurs ensemble sur le haut d'un fossé herbeux, un jour de robes blanches. Je dis les âges, les prénoms. Puis, dans un genre très différent, je lui montre les portraits des trois survivantes : ils ont été pris dans un studio de photographe, pendant leur internement à Paris. « Oh ! Elles n'ont vraiment pas changé ! » s'exclame Géraldine. On dirait qu'elle reconnaît de vieilles copines, elle ouvre de grands yeux, s'exclame : « Mais oui, je les connais, elles sont venues ! Elles sont venues chez moi, elles sont là ! » dit-elle en se levant pour fouiller dans ses propres archives. Elle en sort une des boîtes de tirages qu'elle range avec soin et qu'elle revient ouvrir devant moi. Je plonge mes yeux dans une luisance couleur de feuilles d'automne, de marais vénéneux, jusqu'à ce que les traits se fixent à la surface, et que leurs yeux à elles plongent dans les miens. Géraldine m'explique ce sortilège en déballant d'autres photos de la même boîte : le CERCIL, il y a quelques années, lui a demandé une exposition de portraits. Elle a fait venir dans son studio, dès qu'ils en étaient d'accord, des survivants, ou des enfants des personnes déportées du Loiret. Elle a rassemblé dès qu'elle l'a pu des fratries, leur a demandé d'apporter des souvenirs, des objets échappés des camps qui figurent également sur les photos.

Il est plus de minuit et Géraldine me propose de descendre avec elle dans la cour, pour me montrer l'endroit où les sœurs Kaminsky ont été photographiées. Nous descendons l'escalier en bois qui craque comme la cale d'un bateau, nous sortons sur les pavés humides. De l'autre côté se trouve le studio : l'écran devant lequel Géraldine place ses sujets, qui capte la lumière des spots et celle des personnes elles-mêmes, sur un espace abstrait dont la couleur ne se remarque pas, un gris profond qui n'est pas du monde d'ici et permet que seuls les visages se remarquent, les visages et les gestes, les mains et les peaux.

Devant l'écran se sont placées les sœurs survivantes, que le temps avait colorisées : dans ce lieu, la photo noir et blanc du début des années 1940, l'onctuosité des chemisiers, les arrondis de l'enfance s'étaient mués en peaux ridées, en imprimés, lainages, bijoux, maquillage et teintures de femmes âgées. La nouvelle photo portait plus de gestes aussi : là où les petites filles se tenaient côte à côte, sans effort particulier, les vieilles dames se sont mises en mouvement, elles posent sur les épaules d'Andrée leurs mains tavelées. D'une photo à l'autre les regards, eux, sont effectivement inchangés, du même noir. Sur les six que je suis partie chercher, elles sont les trois qui ont été sauvées. Leur vieillesse, aperçue depuis le miroir sans tain du studio de Géraldine, m'apparaît ce soir-là beaucoup moins comme une corrosion que comme un accroissement, comme le végétal qui pousse plus, donne plus de fleurs, de mousses, abrite plus d'insectes, capte plus d'air et de lumière.

Le 10 décembre 1942, les six filles sont l'objet d'un arrêté de « libération » de la préfecture du Loiret, avec neuf autres enfants, garçons et filles, qui étaient avec elles dans le camp ou qui se trouvaient en traitement à l'hôpital de Pithiviers, et que l'on va chercher pour l'occasion.

Je mets entre guillemets le mot « libération », qui figure sur l'arrêté préfectoral, car dans l'usage des administrateurs du génocide l'autre mot officiel pour qualifier le statut de ces enfants exfiltrés des camps français, Beaune-la-Rolande et Drancy, est « enfants bloqués ». Cela veut dire qu'ils quittent les camps mais que la police française les a déclarés aux services de renseignements de la SS, qui à tout moment peut mettre la main sur eux, à tout moment en dispose, grâce aux listes.

Parmi les quinze enfants âgés de quatre à treize ans dont les noms sont rassemblés et tamponnés par la préfecture du Loiret, ce 10 décembre 1942, il y a Berthe Asher, dite Betty, qui a cinq ans au moment de leur transfert à Paris. Andrée se souvient qu'on lui a fait mettre un bonnet bordé de faux cheveux bouclés après qu'elle a été tondue, ainsi que d'autres filles, par mesure sanitaire. Berthe Asher est « partie ». Elle reconnaît aussi le nom d'Edith Adler, douze ans, une adolescente tchécoslovaque arrivée de Belgique, « elle venait toute seule d'Anvers, cette gamine », déportée, de même que les petites Grycman, Annette et Louisette, neuf et onze ans, « pas revenues ». Je complète ici avec deux autres noms que j'ai retrouvés dans les bases de données de Yad Vashem et du Mémorial de la Shoah, les frères Buchholz, Émile (treize ans) et Alexandre (dix ans) : ils sont morts déportés par le convoi n° 67, en février 1944. Restent trois noms d'enfants dont je n'arrive pas à retrouver la trace : Michel Grundstajn, un adolescent parisien âgé de treize ans, que la préfecture va extraire spécialement alors qu'il est à l'hôpital de Pithiviers ; et un frère et une sœur, également parisiens, Annette et Bernard Wolf, âgés de quatre et dix ans.

Voilà pour ce qui est de la « libération » (vocable tamponné par la préfecture) des enfants du Loiret. Un autre mot d'usage était « consignés ». On pourrait tout autant dire « au purgatoire » ou « en sursis ».

L'intégralité des documents d'internement concernant mes petites-cousines et leurs parents – arrivée au camp, sortie du camp, dépenses courantes, « libération » – me sera fournie par le CERCIL, qui recueille un matériau considérable sur les camps du Loiret, et où a été établi pièce à pièce le fonctionnement de ces endroits de mise à feu du génocide en France. Depuis la salle du centre de documentation ouverte sur une cour pavée où ont été dressés des panneaux avec des photos d'enfants, des extraits de lettres, des citations de témoignages, dont certains que j'ai reproduits plus haut, je peux apercevoir le flanc boisé du baraquement retrouvé chez un garagiste, qui envahit l'arrière de la cour.

Il pleut et je reste plusieurs heures à parler aux fondateurs de cette institution et à ceux qui la font vivre. Les dossiers Korman et Kaminsky s'étalent devant moi, ensemble de pièces commises par les autorités françaises de l'époque. Sur le papier éclairé par la lumière blanche et bruineuse de la cour s'étale le vocabulaire haïssable des représentants de l'État français qui se sont succédé dans la persécution de ces familles. Le dossier commence avec une lettre en date du 24 juillet 1941 dans laquelle un sous-préfet se contente d'un simple recensement des « Israélites étrangers » habitant Montargis. Ils sont listés un par un et livrés avec leur adresse ; le sous-préfet fait état, pour chacun, de sa « bonne conduite » et de sa « bonne moralité ». Ainsi ai-je la satisfaction d'apprendre que mon grand-oncle Lysora « n'a donné lieu à aucune remarque spéciale des services de police » et que son « attitude au point de vue national est correcte ». Cette première liste prétendument inoffensive, ce simple recensement est en fait une chose implacable. Avec quelques variantes, l'ensemble des noms qui le composent se retrouve sur la liste de remise des étoiles jaunes, datée juste après ;

l'ensemble des noms consignés pour la remise des étoiles jaunes, sur la liste des internements de force.

Finalement, le documentaliste qui m'accompagne depuis tout à l'heure se lève pour aller chercher « encore quelque chose » qui est là-bas derrière, dans la réserve. Je lève les yeux et considère sa silhouette qui se déplie, toute adaptée à sa fonction, gilet reporter beige plein de poches et de clefs, de stylos, sur un pull en tricot qui semble l'uniforme idéal pour le froid des rayonnages les plus reculés, et de gros verres de lunettes. Il quitte la table, revient, et je me concentre à présent sur ce que ses longues mains posent devant moi. C'est une boîte en plastique du genre Tupperware, propre et étanche, aux parois tapissées de papier de soie blanc. « Jeanne a apporté ça l'an dernier. C'était resté chez madame Mourgue. » Il entreprend de soulever le couvercle étanche, il le place à côté de la boîte, et je me mets à regarder sans comprendre les petits objets qui passent entre ses doigts, isolés les uns des autres par d'autres papiers de soie, et qu'il dépose avec délicatesse sur la table tout en restant debout, voûté comme s'il évitait de s'asseoir et d'entrer dans mon champ de vision, sauf ses mains.

Puis l'homme déballe un à un les papiers et met leur contenu devant moi. Là il y a une assiette ronde, et là une autre. Puis une troisième, évidemment : n'étaient-elles pas trois ? « C'est la dînette de Mireille. » Il y a aussi trois plats de forme ovale, tout aussi minuscules, disons pour servir les entrées et un plus grand, peut-être pour le plat de résistance. Je dis « disons » et « peut-être », car cet équipement dénote un savoir-vivre très supérieur au mien, au temps où les petites filles avaient une éducation domestique bien plus approfondie. Pour finir il y a un tout petit plat un peu carré, on pourrait y mettre un dessert – un gâteau ? Chaque pièce est délicate et paraît à peine moins fragile que le papier qui est dessous, chacune bordée d'un trait de peinture argentée et peinte d'une fleur qui n'est pas centrée, une rose sur un bord, un chardon, un bleuet. Je contemple les huit petites pièces, aucune n'est plus grande qu'un demi-stylo à bille.

C'est étrange de considérer cette époque où les enfants possédaient des jouets qui étaient des reproductions en miniature des objets des adultes. Cette dînette ne ressemble en rien à celle de mon fils qui est composée d'un méli-mélo de tomates, fruits variés, poulet rôti et assiettes en plastique que l'on balance à la fin de la journée dans sa grosse boîte, également en plastique. Elle ne ressemble en rien à celle d'Ulysse et pourtant c'est une dînette, comme il en possède une, lui aussi. La plus jeune des trois sœurs, à l'âge où elle a été forcée d'abandonner ce jouet, n'avait qu'un an de plus que lui. Elles y ont joué d'une façon qu'il m'est possible de me représenter. D'ailleurs, assis à une même table, tous ces enfants ne verraient sans doute pas de différence entre la faïence, l'or massif et le plastique polymère, cela leur serait largement égal, ou bien ils s'y intéresseraient pour leurs qualités sonores quand on les cogne – la faïence pourrait avoir un avantage de ce point de vue. Je sais aussi qu'ils seraient tous sensibles aux petites dimensions de ces choses : mon fils est toujours content quand il peut s'asseoir devant une table à sa taille, sur une chaise à sa hauteur, d'où il peut monter et descendre seul. Il est sensible aux objets qui sont faits à la mesure de sa main, qu'il peut tenir ou porter sans difficulté.

Je ne sais pas comment se sont déroulées les journées qui ont suivi le départ des filles, au bout de combien de temps madame Mourgue, restée à s'occuper du bébé Madeleine et à gérer son magasin de « demi-juive », a rangé ce qu'il subsistait des petites Korman qui avaient passé ces quelques mois avec elle. Mais la dînette est demeurée intacte, elle a été stockée un jour dans du papier de soie. Puis posée sur une pile de documents tamponnés par des sous-préfectures, et déballée au bout des doigts rougis d'un gardien des archives. Ce jour de bruine automnale, les huit pièces semblent prêtes à dériver comme des barques sur la Loire, avec ces papiers pour leur faire de fines voiles blanches. Elles témoignent d'un monde où les jouets des enfants, vaisselle ou voitures, déguisements, de même que les événements qui leur arrivent, sont moins séparés de ceux des adultes.

Je lui ai dit que j'avais vu, et le documentaliste a remis chaque pièce dans son cocon de soie. Il les a replacées dans la boîte transparente étiquetée « Dînette enfants Korman. Dépôt Jeanne Kaminsky ». Puis il a rapporté ce jouet dans la réserve, comme dans un caveau, ou comme dans ces musées des nécropoles anciennes, sous les vitrines où l'on voit de multiples animaux de basse-cour, des personnages tout petits en terre cuite ou en bronze, et marqués « Tombe d'enfant. Mobilier de la tombe ».

Paris, banlieue

La suite, c'est Paris et sa banlieue, la ville où je suis née et où je vis. L'histoire des internements des six filles est sous mes yeux depuis toujours, étalée devant moi comme une lettre volée. Je connais ces rues, je suis déjà entrée ici, et même quand je ne connais pas ces endroits, j'ai pu passer sans le savoir juste sous leurs fenêtres. Ou bien, ils me sont familiers sans que je les aie même vus, à cause de l'effet de miroir intérieur des grandes villes qui les font ressembler à elles-mêmes de quartier en quartier, d'une rue, ou d'un immeuble, à l'autre.

Certains des anciens centres me sont connus au point d'être d'une insignifiance extraordinaire, d'une transparence trompeuse. Au fil de mes déménagements, de mes études, au gré des amitiés ou des nécessités du travail, j'ai marché à quelques mètres seulement. Par exemple le foyer Vauquelin, le dernier où Andrée a séjourné : j'ai vécu pendant deux ans à cent mètres de là, et jamais pourtant je n'avais tourné le coin de cette rue. Parfois les flâneries, les rendez-vous m'ont fait passer tout près de leurs silhouettes sans les croiser exactement, comme si ma trajectoire avait été dessinée par un témoin très informé, mais aveugle.

La dislocation des familles juives a obligé l'État français à organiser des services d'accueil des orphelins qui seraient tout autant des lieux de surveillance. Cette mission a été confiée à l'Union générale des Israélites de France (UGIF), la structure créée dans le cadre des lois antijuives pour mettre la population juive sous contrôle. Je lis les noms des centres, et la numérotation attribuée par l'organisation : Lamarck (centre n° 28), Guy-Patin (n° 30), Vauquelin (à la fois cantine n° 46 et home de jeunes filles n° 21), Neuilly (la « Maison Marguerite », n° 40), Louveciennes (centre n° 56), et Saint-Mandé (n° 64). Je reconnais les quartiers, je relie entre elles les rues et les stations de métro au sein de ce réseau, « où tous les enfants étaient répertoriés auprès des Allemands et où ils puisaient pour des déportations », pour reprendre les mots d'Andrée.

Les services pour enfants de l'UGIF, foyers, asiles, « homes » comme on dit à l'époque, en auront vu passer plus de trois mille, peut-être trois mille cinq cents, entre août 1942 et juillet 1944. Sur cette période, près de la moitié sont morts en déportation.

Pour comprendre cela, il faut inscrire un dernier point, dans le nord de la carte. La cité de la Muette, à Drancy, pourvoit les foyers de l'UGIF de la même façon que les autres camps d'internement, avec les enfants qu'elle a rendus orphelins et qu'elle met en attente. La Muette est juste au bord de Paris, pourtant les enfants qui en arrivent, affamés et pouilleux, semblent revenir de très loin. Ils n'en sortent que si leurs noms restent consignés là-bas sur des listes, et peuvent servir à tout moment à compléter des convois. Ils en sont relâchés, mais pas beaucoup plus que si on leur avait coupé une main, pour être sûrs qu'ils reviennent la chercher.

Les enfants des centres sont horriblement ballottés. Au fil des témoignages et des lectures, je retrouve les noms d'une même fratrie séparés puis réunis, j'en reconnais un, j'en perds aussitôt un autre. Ils reviennent et s'échappent, se cognent aux vitres des foyers ou se laissent à nouveau capturer par une porte laissée trompeusement ouverte. Ils me font penser à ces bandes de passereaux aux pattes desquels les biologistes accrochent des balises en leur froissant les plumes, dans leur laboratoire de telle ou telle ville d'Europe, des êtres d'à peine dix centimètres, de plus ou moins vingt grammes, et qu'on repère six mois plus tard au Cap ou à Saint-Louis du Sénégal, quand ils ne sont pas perdus dans l'océan Indien. Moi aussi, je les perds. Il m'arrive de déduire des âges minuscules en retranchant leurs dates de naissance des dates des convois. Il vaut mieux perdre tout à fait leur trace, que leurs noms ne figurent sur aucune base de données. S'ils n'apparaissent ni sur celle du Mémorial de la Shoah à Paris, ni au Mémorial de l'Holocauste à Washington D.C., ni à Yad Vashem à Jérusalem, alors il y a de meilleures chances qu'ils aient survécu.

Je suis leurs noms-balises en me fiant aux mots des survivants qui intensifient plus ou moins la réalité : « déportées », « pas revenues », « parti lui aussi », « raflé », « revenue », « non rentré », « évadés », « arrêtés ». Une partie des disparitions sont volontaires. Annette Tobjasz, que les filles rencontrent à Lamarck, est « kidnappée » par sa tante alors qu'elle sort de l'école. À Vauquelin, un autre jour, une petite blonde nommée Paulette Zeidmann se kidnappe toute seule, elle ne rentre pas de l'école, une de plus, et tout le foyer se met à craindre les représailles, de nouvelles interdictions de sortie. Certains de ces enfants deviennent des légendes, comme Jeanne Bermann, une petite gymnaste qui est surprise un jour en train de s'entraîner devant ses camarades de baraquement, à Auschwitz-Birkenau. Dans un des témoignages, le responsable du camp qui la voit se joint aux filles du foyer Vauquelin qui font cercle autour d'elle et lui jette un morceau de pain. Dans un autre, elles se rendent compte que l'homme qui s'approche à vélo est le chef d'un des fours crématoires et elles se dispersent le plus vite possible. Jeanne Bermann réapparaît au milieu des années 1950 sous les traits d'une belle femme habitant avenue Foch, et qui invite chez elle tous les anciens enfants qu'elle a connus dans les centres, pour un goûter « presque sous les Invalides ». « Oh c'était beau ! » dit Andrée un demi-siècle plus tard, et elle ajoute : « Elle avait dit qu'elle le referait. »

Il y a ceux qui reviennent veufs, mutilés. Claire Schwartz est libérée de Drancy et survit, contrairement à sa sœur aînée Ethel, qui est gardée car elle a plus de seize ans. Rosette Krimolowski « revient » car elle est triée du côté des travailleurs forcés, mais pas sa sœur Florette, qui a un an de moins. Dans une réunion associative de retraités de l'Éducation nationale, Andrée revoit Sam Cytermann, qui a sauté de son convoi avec deux autres garçons et qui a survécu, contrairement à ses amis qui sont passés sous le train. Une autre de ses anciennes camarades de foyer réapparaît une première fois après la guerre, un bébé dans les bras, une petite fille, puis sans elle. Elle se remarie et de cette petite fille, il ne faut plus jamais lui parler, elle dit qu'elle n'a jamais existé. Andrée la rencontre une fois de plus, cinquante ans plus tard, et elle lui trouve un air de vieille dame complètement diminuée, dévastée. Petit à petit, « tout ça, tout ce monde-là, y a plus personne », me dit-elle. Ses mots font se rejoindre les enfants assassinés et les vieilles personnes qui meurent peu à peu, à l'hôpital ou dans leur lit.

Certains foyers se trouvaient juste devant moi sans que je pense à les regarder. C'est le cas du plus gros centre d'internement, au numéro 16 de la rue Lamarck. Point de rassemblement initial, autrement appelé « centre de tri » pour tous les enfants juifs dans Paris, il a été le premier foyer des six filles et de centaines d'autres enfants. Je me rends à cette adresse un jour d'automne et j'y trouve un très haut, très remarquable immeuble de construction récente qui accueille une crèche confessionnelle, la Crèche israélite – c'est inscrit sur la façade. Pendant plusieurs minutes, je contemple son tracé ultramoderne, ses arêtes métalliques et ses baies vitrées. Depuis le petit escalier où je me tiens, les pieds dans les feuilles mortes et la tête dans la brume, j'ai l'impression que l'original a été détruit et remplacé. Je suis persuadée d'être bredouille et de devoir renoncer à retrouver le bâtiment qui figure dans les parcours de tous les enfants internés – il me semble que de nouveaux enfants sont accueillis dans ce nouvel immeuble.

Mais quelques heures plus tard, en rentrant chez moi et en consultant des photos d'époque sur Internet, je comprends que j'ai mal observé, et que le foyer des six filles se tient toujours là – il n'a pas bougé de sa place, juste un peu en retrait de la crèche, dix mètres plus bas sur la gauche. Aussi net et blanc que le Sacré-Cœur qui était dans mon dos, c'est un immeuble élégant, assez remarquable par sa forme presque carrée et sa façade aux trois fois trois fenêtres également carrées, aux lignes sobres. Il possède la géométrie coupante de certaines architectures de l'entre-deux-guerres, adoucie par un toit de tuiles un peu écrasé, qui lui fait un chapeau d'artiste plutôt qu'un fronton d'immeuble parisien.

Cet immeuble blanc où furent gardées mes petites-cousines fait aujourd'hui partie du même ensemble à vocation sociale que la nouvelle crèche au premier plan. L'opportunisme de ceux qui ont mis en application les lois antijuives, ou bien leur ambiguïté, entre assistance et oppression, les a portés à choisir les endroits habituels du culte et de la vie associative juive pour faciliter la traque et le regroupement des victimes. Les centres de l'UGIF sont d'anciens hospices, asiles, orphelinats, maisons de vieillards, hôpitaux ou écoles, tous des lieux destinés à l'éducation et aux soins, qui se sont retournés contre ceux qui s'y abritaient. Concernant les enfants, cette fonction est encore plus sournoise : ces derniers n'auraient pas eu besoin de protection si on ne leur avait pas enlevé leurs parents. Le système qui les protège est aussi celui qui les a faits orphelins. Quant à les regrouper, rien de plus dangereux, de plus paradoxal avec l'idée de leur porter secours.

Souvent, les activités de culte et d'assistance ont repris après la guerre et se poursuivent dans les mêmes endroits. Ainsi, le Centre israélite de Montmartre a fondé la crèche que j'ai aperçue en premier et a réinvesti l'immeuble blanc d'origine, que j'ai pu repérer ensuite, et qui est aujourd'hui destiné aux réfugiés. L'Asile de jour fondé pour accueillir les juifs d'Europe de l'Est continue son œuvre avec les nouveaux exilés, par vagues successives, il loge des rescapés des Printemps arabes, des survivants arrivés de Syrie, tous ceux qui fuient les nouvelles guerres et les nouvelles dévastations. Les dortoirs où étaient les filles, surchargés de gosses, sont devenus des studios et des deux-pièces. Leurs murs nus garnis de quelques meubles aux couleurs primaires offrent parfois la première chambre à ceux qui viennent de traverser des enfers avant de se retrouver sur des bancs, dans des parcs, sous des ponts de la Seine ou des tentes Quechua plantées le long du périphérique, au mieux dans des hôtels insalubres. Le Centre redevenu un havre, comptant soixante-quatorze lits, là où c'était hier un traquenard insensé pour des centaines et des centaines d'enfants.

Un jour, je décide de franchir le grand portail blanc pour voir ces lieux de près. Apercevant dans la cour la femme de ménage en train de pousser un chariot lesté de produits et de balais, je lui montre la plaque au-dessus du portail en lui disant que mes petites-cousines faisaient partie des enfants raflés. Elle m'ouvre, elle m'introduit dans le hall et me montre le chemin du secrétariat. Aussitôt entrée, je m'explique à nouveau et la secrétaire se précipite vers une armoire – d'entre le mobilier et les classeurs issus du catalogue Office Dépôt, elle extrait et pose devant moi un registre recouvert de tissu noir avec une étiquette de cahier d'école, où une main a indiqué, dans une encre également noire : « Registre de police, 1941, 16 rue Lamarck ». Elle me demande la date de la première entrée d'Henriette, de Jacqueline et de Mireille, on retrouve leurs trois noms sans peine, dans la même colonne et sur la même page que ceux des Kaminsky. Je suppose qu'elle a l'habitude de tenir des registres d'entrées et de sorties sur le tableur de son PC, et avec une grande dextérité nous parcourons le livre pour retrouver d'autres traces, quand les filles sont déplacées, puis réintègrent le foyer. Je photographie les noms de mes petites-cousines complétés par leurs dates et lieux de naissance, et auxquels sont affectés des numéros d'ordre. Avant qu'on ait le temps de parler davantage, un homme au crâne chauve, aux lunettes en cul-de-bouteille, pénètre dans le bureau et engueule la secrétaire avant de me demander de quoi je me mêle, et si j'ai pris rendez-vous. L'idée d'un rendez-vous avec ces absentes me sidère. J'explique une troisième fois l'objet de ma visite, mais le directeur suit d'autres règlements que ses employées. Il me chasse. Le cahier noir et ses centaines de noms demeure la propriété de ce lieu, il est remisé sans doute dans les armoires au milieu de classeurs marqués « Factures » et « Cotisations ».

Les vieilles dames aussi, paraît-il, sont des lettres volées. Elles sont juste sous vos yeux sans rien vous réclamer, se mêlent au bruit de la rue et à la couleur du temps, camouflées dans des habits beiges ou bleu clair selon la météo, et vous pouvez les chercher des mois avant de vous rendre compte qu'elles sont au square d'en face ou devant leur poste de télévision, saines et sauves dans leur salon, au milieu des pêle-mêle de photos de famille. Elles répondent au téléphone d'une voix limpide et qui contient l'éclat d'une plaisanterie, un « je suis là » si vibrant qu'il pourrait surgir de sous une table ou de derrière un rideau.

« Les femmes d'un grand âge cachent parfois en elles des enfants clandestins » (« *In elderly women, secret children may hide* »), a écrit une romancière anglaise peu de jours avant son suicide, et bien des années avant d'atteindre cette rive des âges contraires.

À l'été 2020, alors que la pandémie de Covid-19 connaît un répit en France, la ville semble desserrer ses murs pour laisser enfin passer les promeneurs, le soleil revient sur nos visages atterrés et guide nos pas dans des rues où nous ne savons plus trouver nos propres traces. La longue maladie qui a tout figé, qui nous a forcés à préméditer chacun de nos actes, à signer des promesses de bonne conduite pour le moindre rendez-vous, a interrompu du même coup le cours de mon enquête et toute possibilité de flânerie.

Mais début juillet, je compose enfin le numéro de téléphone d'Andrée. Madeleine me l'a donné et m'a invitée à lui parler, après m'avoir demandé d'attendre de longues semaines. Elle a voulu la ménager car Andrée a été en convalescence après s'être fracturé le col du fémur, et elle est aussi en deuil de son mari, mort pendant qu'elle était enfermée dans sa chambre d'hôpital. Ces événements m'ont fait accumuler de la crainte et de la prudence, comme si j'allais aborder un pays dévasté, silencieux. Mais dès mon premier appel on se retrouve à bavarder et, sans tarder, Andrée m'invite : ça peut être demain, non, pas demain car elle aura kiné, ce sera après-demain. Après tout ce que nous avons subi de frustrations et d'empêchements liés à la pandémie, après ces catastrophes intimes dont sa sœur m'a parlé, cette facilité me sidère. Je ne pensais pas qu'elle m'ouvrirait sa porte avec autant de grâce et serait capable de prévoir autant de rendez-vous sans hésiter, sans exprimer aucune appréhension concernant sa fatigue.

Je regarde un plan et découvre qu'elle habite à une petite demi-heure de chez moi à vélo : sous un soleil parfait, ni trop froid ni trop chaud, assez bon camarade pour me tirer dans les montées et adoucir les descentes, il me suffit de traverser la colline de Belleville, de filer par le boulevard quelques minutes en direction de l'est pour arriver chez elle, dans un grand immeuble résidentiel de la rue Saint-Ambroise. J'ai l'impression de rouler d'autant mieux que, depuis trois mois, je suis enceinte. Pas encore lourde, déjà ronde. Pas encore précédée de l'évidence de ma grossesse, le jeu m'est encore possible de la cacher ou de la révéler à mes interlocuteurs, et ainsi m'amuser des regards qui passent de mon visage à mon ventre sans être vraiment sûrs, ou en s'étonnant de, en vérifiant si.

Cet été-là, le reflux de l'épidémie nous fait apprécier ce qui d'habitude nous paraît banal, tout en donnant à chaque rencontre, à chaque promenade, un envers invisible et dangereux. Et pour moi, la sensation de bonheur par contraste, d'un répit qui n'est que prêté, est due en surface à la crise sanitaire, mais aussi aux dates de mes rendez-vous avec Andrée. On arrive à la mi-juillet, aux jours anniversaires des grandes rafles de l'été 1942 qui ont embarqué sa mère, ainsi que Chava, Lysora et Biba.

À Paris, les battues se sont concentrées particulièrement dans les quartiers où nous habitons elle et moi et où des milliers de personnes ont pu être arrêtées en deux jours, dans ce nord-est de la ville qui conserve cette identité de lieu d'accueil et de passage, où continuent de se relayer aujourd'hui les immigrés subissant différents degrés d'opprobre – hier les juifs, aujourd'hui les Arabes d'Algérie, du Maroc et de Tunisie, les Chinois, et d'autres dont l'arrivée est plus récente encore, au gré des nouvelles guerres et des nouvelles épidémies de pauvreté.

Nous nous voyons plusieurs fois entre le 12 et le 17 juillet, mais pas le 14, qui est le jour anniversaire de l'arrestation d'Hélia, la mère d'Andrée, et parce que de mon côté je fête ce jour-là les deux ans d'Ulysse. Je sais que c'est un jour de deuil pour toute la famille Kaminsky et depuis que je suis impliquée dans cette histoire, par l'écriture, par la pensée, la fête nationale me semble par de nouveaux aspects transpirer l'hypocrisie. J'ai aussi un peu honte de savoir que ce deuil coïncide pour moi avec la joie invulnérable de la venue au monde de mon premier enfant, mais tant qu'à faire, je ne suis pas mécontente que dans mon calendrier personnel le patriotisme et la tonalité solennelle de cette journée aient été supplantés par les cris d'un bébé, par l'arrivée d'un être tout ce qu'il y a de plus désarmé.

Être de nouveau enceinte ajoute une dimension étrange à tous ces rendez-vous. Dans cet état, le moindre lieu contient des coulisses, le moindre moment une doublure invisible qui fait vivre autre chose que ce que chacun voit. Il y a ces derniers jours, pour moi, en douce, un monde où se déroule autre chose que le monde, et qui grandit à son insu. Cette joie n'a pas été tout de suite évidente. Au début, être enceinte tout en écrivant cette histoire m'est apparu comme imprudent. J'ai eu peur de contaminer mon enfant avec des images de mort, de le mettre au contact d'un malheur qui pourrait également abriter une forme de malveillance. Mais petit à petit, cet été-là, lors de mes allées et venues à vélo dans la ville et de mes visites chez Andrée, dans le mouvement et le bruit, je me rends compte que mon corps n'est pas un sanctuaire, et que je n'ai pas besoin de me tenir à l'écart de ces faits, qui sont déjà en moi, pour préserver un enfant qui existe en dépit de bien d'autres cataclysmes. Que je ne dois pas à mon bébé de me tenir à l'abri du passé ou de menaces invisibles, je ne suis pas un temple ni une tombe, ni une nonne, ni une ermite, sinon il ne serait pas là.

« Ah oui ! Il paraît que je suis fragile ! » me dit Andrée en éclatant de rire le jour où elle me voit sortir de l'ascenseur avec mon masque chirurgical. L'objet n'est pas encore obligatoire mais j'ai jugé que ce serait un minimum pour aller au-devant d'une femme de quatre-vingt-onze ans, et qui sort de six mois de convalescence. Il a l'air de l'amuser autant qu'un déguisement. Je découvre ses yeux bleus et son visage aux traits clairs, un peu carrés, son sourire, dès que s'ouvrent les portes de l'ascenseur. Quant à ma grossesse, elle trouve qu'elle ne se voit pas du tout (ce qui est bien normal, à ce stade) mais elle lui inspire plusieurs fois des recommandations à me ménager et des souvenirs de ses propres grossesses, à des étapes beaucoup plus avancées et plus considérables, volumineuses.

Nous nous regardons par-dessus la table du salon couverte des albums et des livres qu'elle a rassemblés pour précéder mes questions, et par-dessus mon ventre en robe d'été, pas encore lisible. Andrée me parle comme si nous avions traversé toute cette période navrante en échangeant régulièrement des nouvelles et comme si elle-même n'avait pas subi un sort particulier durant ces derniers mois. Le miroitement de son sourire ne laisse jamais décider si c'est celui d'une douce ironie ou d'une enfance éclatante, mais il donne à son visage une beauté inépuisable. Et pour conclure cette période odieuse d'où nous sortons à peine, elle lui appose une étiquette qui décrit aussi efficacement les méfaits du virus que nos convulsions d'impatience et d'angoisse : « Maintenant que nous en avons fini avec tout ce confinage... »

Elle me tend les documents, tourne les pages, ouvre et referme les albums sans suivre d'ordre et sans économiser sa parole. Les preuves du passé sont devant moi, l'enfance évanouie se donne à voir sous plusieurs formes, photos, lettres, cahiers d'école. Grâce à ses complices dans Paris, chez qui elle a déposé cartable après cartable ses quelques affaires et celles de ses sœurs, Andrée a retrouvé après la guerre jusqu'aux rédactions qu'elle avait faites ces années-là et dont les sujets devaient sembler si extraordinairement en dehors de ses soucis quotidiens, et d'une fadeur peut-être désirable. « Rousseau et le goût de la vie rustique » ou « Faites un portrait à la manière de La Bruyère » ont dû lui procurer des heures de bel ennui dans les réfectoires ou les salles de bains communes, où elle s'installait pour travailler quand les surveillantes avaient fini de dérouler leurs bigoudis, comme elle le mentionne dans une page de son journal. Élève intraitable, multiprimée dès les petites classes, elle se plaint encore aujourd'hui des obstacles qui ont été mis à sa réussite scolaire pendant ces deux années, du matériel qui manquait et qu'il fallait mendier sans qu'aucune des enseignantes s'en préoccupe et de l'avarice de leurs sales notes, souvent pile en dessous de la moyenne, témoignant de leur indifférence à ses conditions de travail, sans maison ni parents pour l'aider. Dans une de ces écoles où on l'avait placée temporairement, Andrée est allée récupérer des affaires de classe après la guerre et elle se souvient que la directrice l'a reçue « dans l'escalier ». Elle a noté cela comme tout le reste dans sa mémoire kilométrique qui lui permet de se rendre une justice placide des décennies après les faits, en redistribuant à leurs propriétaires, d'une voix égale quels que soient les méfaits, tous ces petits morceaux de mesquinerie : la directrice dans l'escalier ne vaut pas mieux que les surveillantes qui volaient ses affaires dans les dortoirs, et ces dernières n'ont rien à envier à cette ancienne camarade de classe à Montargis qui l'accueillit en 1944, à son retour, d'un mordant « Ah bon, tu es revenue ». Le patron qui la félicita un jour pour son « sourire youpin » est logé à la même enseigne, dans cette mémoire sans amertume mais sans oubli, dans ces moments de voix atone, que sa belle-famille catholique qui ne voulut même pas se déplacer pour son mariage – haussement d'épaules à peine avoué, à peine distinct du halètement fragile derrière ses clavicules de vieille dame. Les enseignantes incapables de lui trouver un stylo, finalement, ne font que donner l'échelle du côté de l'Éducation nationale qui, au début des années 1950, alors qu'elle venait de se marier et cherchait un poste en région parisienne, et « alors qu'ils avaient bien tout mon dossier », n'imagina pas de lui donner sa première affectation autre part que dans la commune de Drancy.

Andrée possède aussi chez elle le livre d'Adélaïde Hautval, qu'elle a acheté dès sa parution en 1991 – elle avait soixante-deux ans. Elle insiste pour me le montrer. Passant dans la pièce d'à côté, elle fouille dans sa bibliothèque : « Attendez ! Il est où ? » Depuis le salon, je lui dis que ce n'est pas la peine, je lui assure l'avoir lu tout récemment, mais elle tient vraiment à me l'apporter, pour me montrer un passage précis : « Voilà ! Voilà, j'arrive. » Elle le dépose sur la table. « J'avais noté quelque chose », me dit-elle. « Où est-ce que je l'ai vu ? » La vieille dame le parcourt et murmure les passages qu'elle relit, elle recherche avec intensité ce qui semble donner au livre une valeur très rare. Elle fait une pause. « Ah, c'est ici. » Puis, d'une voix haute, plus articulée cette fois : « Il y a deux baraques de femmes. Vous voyez ? » Elle s'interrompt, répète : « Vous la voyez ? Là. » Et, reprenant la lecture à l'endroit où Adélaïde Hautval raconte son arrivée à Pithiviers : « Un passage rapide dans celles-ci montre de grandes détresses. Chacune veut raconter son histoire. Il y a des aveugles, des femmes enceintes. » Elle baisse le ton, et sa voix s'emplit de tendresse, elle devient celle du secret, de la confidence : « Elle est là. » Moi, je ne comprends toujours pas. Perdue dans les mots imprimés, je n'aperçois pas la femme sans bagage qui se détache de la foule, avec son carré de cheveux blonds. « Là. » Elle souligne du doigt un tout petit endroit de la page, comme si je pouvais la reconnaître à quelque chose, me figurer le sac à provisions en velours côtelé gris qu'elle avait emporté pour y mettre ses affaires, ou voir apparaître la blouse tachée de lait. Andrée lit : « L'une d'elles me dit qu'elle a laissé à la maison un enfant de six mois. » Elle lève les yeux du livre, et pointe le mot qu'elle a écrit dans la marge au crayon à papier : « Maman. » Elle relit : « Vous voyez ? J'ai marqué : Maman. »

Elle me laisse prendre le temps de relire le passage imprimé ainsi que le mot au crayon, sous son index. C'est dans ce petit endroit en papier qu'elle a pu apercevoir sa mère pour la dernière fois, quand elle n'y pensait plus. Ajouter une image à la dernière image, qu'elle croyait être celle dans la prison, à Montargis, à travers les conversations avec les compagnes de cellule. 1942-1991 : il aura fallu près de cinquante ans pour qu'elle retrouve la silhouette de sa mère, qu'elle puisse ajouter deux ou trois jours de plus à son parcours. « Oui. C'est comme ça. »

L'apparition hypothétique d'une ligne dans un livre, et dans cette ligne cette silhouette pronominale, « l'une d'elles », parmi d'autres femmes sans nom, suffit à Andrée pour m'évoquer toute une vie d'Hélia. Par-dessus la table où sont ouverts les albums, empilées les lettres, où elle a aussi posé le livre d'Adélaïde Hautval, elle se met à me parler des études de sa mère à Varsovie, où elle était une élève excellente. Cela lui avait permis de faire partie du quota d'enfants juifs qui étaient autorisés à rejoindre l'enseignement secondaire, jusqu'au bac. Elle me parle du diplôme de couturière qu'Hélia avait passé bien qu'étant « une intellectuelle, une universitaire », pour pouvoir venir en France en tant qu'ouvrière qualifiée, et accompagner Max. Elle évoque une demande en mariage qu'elle avait reçue là-bas, en Pologne, de la part d'un avocat non juif qui était charmant, qui lui plaisait mais à qui elle avait répondu : « Vous savez bien que ça n'est pas possible. »

Enfin elle m'évoque les soirs où Hélia sortait dans son jardin, à Montargis, et bavardait avec l'abbé Foucher dont le presbytère jouxtait la maison. L'abbé aimait bien ces discussions – je l'imagine assis à côté d'elle, en soutane, sur un banc près des roses trémières. Pour se représenter Hélia, que j'ai vue sur de nombreuses photos grâce à Andrée, le mieux est de penser à certains portraits de Picasso des années 1930, dans la période d'avant la décomposition des visages, quand il a fait ces profils grecs aux nez très droits, presque alignés avec le front, et aux mentons courts. Cela taillé dans la blondeur, de son prénom. Elle est bien habillée : elle profite pour elle-même de ses talents de couturière et ses vêtements ont de belles coupes, dans des matières élégantes, elle porte de petites capes assorties aux manteaux, des chapeaux impeccables. L'été, en blouse, ayant fini de dîner et couché ses filles, elle est comme une héroïne de Rousseau qui écrirait dans son journal : « Soirée dans le jardin. Conversation avec Monsieur l'Abbé », et cette conversation aurait pour but de décrire des sentiments aussi subtils que la couleur du soir qui tombe, dans un français prudent, teinté d'accent polonais comme à la cour de Marie Leczinska, la copine de Voltaire. C'est une scène dont les deux personnages sont assassinés : Hélia en 1942, quelques semaines après les soirées au jardin, et l'abbé Foucher en août 1944, à la Libération, quand les Allemands lui tirent une balle dans le dos par mesure de représailles.

Un autre massif sur la table est constitué par l'album noir à l'intérieur duquel Andrée a classé l'ensemble des cartes interzones qu'elle envoyait chaque semaine à son père, à partir du départ de celui-ci pour la zone sud. Cette moitié de l'échange permet de reconstituer en grande partie la trajectoire qu'Andrée a suivie avec ses sœurs cadettes, qui signent certaines des cartes. Elles forment le récit de leur existence ratiboisée par les lois antijuives, puis de la disparition d'Hélia qu'elle essaye dans un premier temps de cacher à Max pour ne pas le faire souffrir, dans l'espoir aussi que sa mère revienne et que cette information ne soit plus nécessaire. Les rectangles pleins de lettres serrées sont parfois biffés par la censure. Ils livrent tout un imaginaire d'orages, de tempêtes, de fêtes et de vacances : par ces métaphores éculées ou paradoxales, ces mots dont son père devinera la bizarrerie sous sa plume, Andrée lui indique quand il y a des rafles et des arrestations, elle lui fait comprendre qu'il ne doit pas revenir en arrière, mais aussi dans quelle nasse elle et ses sœurs sont prises. Depuis son itinérance et ses propres lieux d'enfermement, privé de celle qui d'habitude écrit sous sa dictée, l'Antigone de sa vie de commerçant qui ne sait pas bien écrire le français, Max doit solliciter chaque fois de nouveaux scribes pour pouvoir lui répondre. Il doit trouver des moyens successifs pour faire parvenir à ses filles, de l'autre côté de la ligne de démarcation qui bientôt s'efface et ne laisse qu'un seul territoire où elles sont partout devenues des proies, des messages de patience et de ruse. Dans cette navette de mots, cet entrelacs de lettres dont il manque la moitié, dans ces kilomètres d'encre noire se manigance un des réseaux câblés, une des choses souterraines les plus merveilleuses et les plus efficaces qu'un maquisard ait jamais rêvées. L'Histoire connaît bien Jean Moulin, alias Rex, alias Max. Mais à côté, depuis les camps de Lozère où on l'a mis au travail forcé avec d'autres hommes étrangers, privé de sa femme dont il ne sait même pas officiellement qu'elle est morte, privé de ses filles et exposé comme elles à être raflé d'un jour à l'autre, il y a Mendel Kaminsky, alias Max, alias Papa. Ce Max-là essaye chaque semaine de trouver quelqu'un pour écrire à ses gamines de tenir bon, et qu'il va les sortir de là. Il faut qu'elles réfléchissent et qu'elles soient bien organisées, voilà ce qu'il leur répète au fil des lettres disparues. Il faut qu'elles fassent attention à toutes les informations qu'il leur donne – il ne le dit pas comme ça, mais en passant, et il faut qu'elles entendent sa voix entre les lignes, qu'elles attrapent l'essentiel au milieu des banalités qu'il leur écrit, des ritournelles qui se creusent, des « Est-ce que vous mangez bien ? » et « Je vais essayer de vous envoyer de l'argent ». Il faut qu'elles devinent comment fonctionnent le circuit qu'elles doivent suivre et le réseau des échangeurs en lisant « Comment va la tante Truc ? », et « Passez le bonjour au cousin Machin ». Parce que les filles Kaminsky ne sont pas seules à Paris, c'est une chose essentielle pour la suite – elles doivent faire croire qu'elles sont seules, mais ce n'est pas vrai, notamment grâce à leur père qui continue d'indiquer, de faire comprendre. Il y a ce vieux copain, Maurice Popilok, qui vend des fourrures rue du Commerce, dans le 15e arrondissement : il faut aller le voir. Il y a l'oncle Feld, dans le quartier de Barbès, qui vit avec sa femme Etka, leur fils et leur fille, et qu'elles connaissent depuis qu'ils ont séjourné à Montargis pendant l'exode – ce serait gentil d'aller les voir chez eux, de leur faire une visite. Leur père fait les présentations ou rafraîchit leur mémoire, et Andrée est assez maligne pour prendre des contacts sans le révéler aux directions des centres, qui pourtant veillent attentivement aux allées et venues des enfants. Elle se repère aussi grâce au fait qu'elle a déjà accompagné son père ici et là pour le travail – son passé de petite assistante, à nouveau, lui rend service dans cette complicité. Allez revoir l'oncle, il vous donnera peut-être des nouvelles de notre petite Madeleine… Max continue et répète, il utilise la banalité de la carte postale, cherchant à endormir l'attention des autres autant qu'à éveiller celle de ses filles. Qu'elles n'oublient pas de travailler. Qu'elles se soignent. Et qu'elles restent soudées, toutes les trois. On va retrouver Madeleine aussi, dès qu'on sera de retour à Montargis, madame Mourgue m'a écrit et elle va bien. De temps en temps il ose un : « On retrouvera bientôt Maman. »

On a perdu les lettres de Max. Elles ont disparu outre-Rhin en devenant des pièces pour un procès concernant des biens spoliés de la famille, qui est resté inabouti. Mais d'après leur écho à l'intérieur des lettres d'Andrée, parfois de Jeanne, ou les lettres d'Andrée et de Jeanne auxquelles se joint la petite Rose, si on suit l'empreinte de la tendresse dans leurs réponses nourries et nombreuses, on peut deviner l'inépuisable bégaiement, l'infinie variation des mots dont on ne se lasse pas. On peut imaginer sans peine leur ton et leur contenu qui n'a rien à cacher, on sait bien que par dizaines et par dizaines elles se terminent toutes par le refrain usé qui n'inquiète pas la censure, par la répétition si pauvre qu'elle est inviolable, l'inépuisable répétition de ces mots : « Je vous embrasse fort, mes chéries » ; « Andrée, prends bien soin de tes sœurs » ; « Ne vous faites pas de souci pour moi » ; « mes petites » ; « mes amours » ; « mes trésors » ; « Vous me manquez ».

Le soir du 10 décembre 1942, l'autobus qui gravit la butte Montmartre après avoir traversé Paris de la porte d'Italie à la place de Clichy s'arrête et dépose dix petites filles en haut de la colline. Ce sont toutes les enfants « libérées » de Beaune-la-Rolande, les trois sœurs Korman, les trois Kaminsky, ainsi que Berthe Asher, Edith Adler et les sœurs Grycman, Annette et Louisette. Elles n'ont rien à regretter de l'endroit qu'elles laissent derrière elles, mais aucune idée de ce qui les attend.

Si Madeleine Rolland a pu être prévenue de leur départ, elle sera passée leur dire adieu, livrer quelques crèmes au chocolat pour adoucir le trajet. Et en quittant le camp, elles se sont toutes écrasé la tête contre la poitrine de Jeanne, dans son odeur de malle de costumes et de tabac, en l'écoutant leur donner rendez-vous bientôt, quand cette histoire sera finie.

Au 16 rue Lamarck, le rez-de-chaussée bleui est plein d'enfants en pagaille, dans un climat de noce. Certains petits garçons sont en veste, avec des nœuds papillons en papier, et certaines filles ont déniché des robes en velours, des cols en dentelle. Ils doivent être une centaine à courir, se rassembler sur les bancs, se bousculer près du buffet. Beaucoup ont la tête rasée. Les garçons ont un air étrange avec ce crâne trop propre sur le costume de fête, les filles, ça se voit à la fois moins et plus, on leur a mis des nœuds en rayonne, roses ou argent, dorés, bleus ou verts, cela dépend de la robe. Il va y avoir un spectacle, leur dit-on, un numéro de danse, du théâtre – « Comment Sarah Loczinski avait-elle trouvé son tutu rose ? » demande Andrée encore aujourd'hui. Au fond du réfectoire, une estrade a été dressée qui attend la petite ballerine et tous les autres comédiens, les clowns de dix ans. Pour la première fois depuis longtemps, les filles sont accueillies et prises en charge par des adultes sans uniforme. Les surveillants et les surveillantes du centre ont un peu tous les âges, ce sont des étudiants et des gens de divers horizons qui n'ont plus de métier à cause des interdictions statutaires. Ils ont l'air débordés mais contents de les voir : « Entrez » ; « Il y a à manger » ; « Amusez-vous, on viendra vous chercher pour vous montrer vos chambres ». Les dix petites filles pénètrent dans le réfectoire décoré, le temple de fortune : on allume ce soir-là la dernière bougie du dernier soir de Hanouka, celle qui raconte que dans le Temple de Jérusalem mis à sac, malgré la pénurie due à la guerre, une toute petite fiole d'huile, une minuscule portion qui était à peine suffisante pour nourrir une journée de flamme, a tenu pendant toute une semaine, le temps d'aller chercher des réserves.

Devant les bougies qu'on allume, en entendant la prière en hébreu, je peux presque me mettre dans les yeux l'étonnement des filles Korman et Kaminsky. Nous avons grandi elles et moi dans un mélange semblable de mécréantise et de notions religieuses approximatives, qui fait de Hanouka un des rares rendez-vous à peu près identifiés du calendrier liturgique. De plus, dans un décalage assez baroque avec la religion juive, il se peut qu'elles entretiennent avec Dieu ou plutôt avec « le bon Dieu » un rapport à la fois aussi familier et aussi exotique qu'avec un grand-père. Comme tous les enfants français de cette époque, elles baignent dans une ambiance de christianisme prodigue en conseils et en illustrations, qui encourage le dialogue entre Lui dans le ciel et les petits enfants le soir dans leurs lits, et préconise une bonne communication entre Sa mère et nos soldats. Ce n'est certes pas leur culture native, mais elles l'ont forcément rencontrée, hier par le biais de leurs camarades de classe, à présent à travers les œuvres de charité de diverses tendances et la propagande pétainiste. Finalement, leur éducation ne les a placées qu'à moitié dans le Temple. Elles n'ont qu'une vague idée de cette langue opaque qu'on réenroule à la fin de la prière, mais elles ont sans doute allumé les bougies du chandelier avec leurs parents. Avec eux et le reste de leur famille, cousins, oncles et tantes, issus des fratries nombreuses qui se sont suivies et regroupées dans l'immigration, elles ont pu recueillir quelques gestes et quelques souvenirs de Pologne, mais peut-être pas beaucoup plus qu'une vaisselle de fête que l'on ressort une fois par an. Cependant, le système qui a voulu qu'elles soient placées au centre n° 28, ce soir-là, et qui leur a collé l'étoile de David, fait peu de cas de leur degré de religion. Dans la langue sans issue de l'antisémitisme, cette extériorité n'a aucune importance, elles sont regardées comme des êtres de honte, que leurs parents aient choisi de persister dans des rituels barbares ou qu'ils les aient abandonnés, comme de sales renégats.

Moi aussi, j'ai allumé les huit bougies. La huitième flamme que les enfants voient briller rue Lamarck, pointe jaune d'or, ventre rouge, base noire et qui tremble, m'évoque une fête que j'aimais, et dont le souvenir me revient peu à peu. C'était une des rares fêtes que l'on célébrait avec mes parents, dans ce foyer sans foi ni loi où l'on mangeait du porc, où l'on ne fêtait que les anniversaires, et où jamais on ne priait. Mais on faisait Pessah, qui commémore la libération du peuple juif du joug de Pharaon, ainsi que Hanouka, sous différents mobiles : « pour les enfants », « pour les cadeaux », et par souci d'éducation, « pour ne pas faire seulement Noël » en décembre. Huit soirs durant, mon père ajoutait les bougies sur le chandelier métallique et je l'aidais à les fixer. Frotter des allumettes ou faire rouler la molette d'un briquet, allumer les nouvelles mèches à la première, verser un peu de cire au fond des douilles pour fixer les bougies, tel un officiant du temps d'Antiochus, l'ensemble de ces gestes avait tout pour me plaire. Pendant ce temps, mon père avait mis sa kippa, *dixit* son « keppele », et il se mettait à chanter la prière requise. Il la chantait parfois avec gravité, et je la trouvais assez belle, mais le plus souvent il choisissait de l'entonner à tue-tête, en lui insufflant à peu près autant d'harmonie, autant de légèreté qu'en ont les chansons de troupe. Dans ce moment-là, il faisait chanter à mes oreilles, en même temps que la mélodie, son désaccord profond avec le rituel religieux – pas le rituel juif en particulier, mais plutôt son ennui profond, son désintérêt sincère pour la croyance en Dieu. Il me semble que son incrédulité allait plus loin encore et qu'elle visait toute forme de rituel quel qu'il soit, n'importe quel protocole d'autorité, à commencer par celui de parent, dans lequel il cachait très à contrecœur son sentiment d'être resté gamin.

Dès que la huitième bougie est consumée, le lendemain de la fête, les filles sont mises en quarantaine. C'est la règle ici pour tous : les enfants arrivent de lieux infâmes, pouilleux, grouillants de maladies, et les services sanitaires ne les ménagent pas, ils leur font passer quinze jours dans une grande pièce d'où ils n'ont pas le droit de sortir.

Le centre Lamarck n'est pas fait pour que les enfants y restent, dans l'organigramme de l'UGIF il est désigné comme « centre de tri » : sa fonction est de les accueillir et de les orienter au bout de quelques jours ou semaines vers d'autres centres de la ville où ils sont moins nombreux, où on sépare les garçons et les filles, où l'on organise, pour faciliter la tâche du personnel éducatif mais surtout dans un but de surveillance, la séparation des fratries en fonction de catégories d'âges. Le mot « centre de tri » se fraye un chemin très lent dans ma conscience, il semble revêtir *a priori* une fonction assez neutre, faisant écho à d'autres gestions de flux plus contemporaines, des halls d'aéroports aux camps de migrants, il flotte sur ces différents lieux où la masse des corps est organisée de façon plus ou moins charitable. Il contient aussi une charge de terreur que je mets du temps à identifier, jusqu'à ce que je comprenne que le terme qui s'applique au centre n° 28 à Lamarck se trouve aussi au bout des rails à Auschwitz, sur la « rampe de tri » qui sert à retenir d'un côté les adultes à peu près vaillants à la suite du convoyage en train, et les diriger vers des travaux forcés, tandis que tous les autres, les plus jeunes, les plus vieux, les handicapés, les malades, sont envoyés à la chambre à gaz.

Au centre de tri de la rue Lamarck, les filles seront donc mises à l'isolement pendant une quinzaine de jours. Elles seront également tondues, ou se feront couper les cheveux bien plus court que ce qu'admet leur goût de petites filles, trop court pour le début d'hiver qui commence à souffler sur leurs nuques sans bonnets, sans chapeaux, sans écharpes. Elles se feront piquer leurs derniers vêtements : le personnel du centre leur retire « pour une désinfection » les quelques affaires qui leur restent de leurs mères, les choses cousues à la main par Hélia, les achats soigneux de Chava, et elles ne les revoient plus jamais. On leur prête à la place des vêtements qui circulent dans l'internat, dans des tailles approximatives, sans égard pour les préférences qui peuvent poindre chez de toutes jeunes filles dans leur image d'elles-mêmes, de leur allure, dans l'idée qu'elles se font du regard des autres et des gens qu'elles rencontrent à l'école, dans la rue. Andrée : « J'ai étrenné alors une horrible robe droite de velours bleu marine avec un plastron plissé de satin rose, que je cachais sous un tablier, et des socquettes de coton vert. Ces vêtements me mettaient assez mal à l'aise. » Ils sont non seulement moches mais inadaptés pour une jeune fille issue d'une génération où l'adolescence commence à s'inventer grâce à la mode. Les nouvelles nippes qu'on leur donne au fil des mois proviennent d'un pot commun qui réunit des collectes de dons et des vêtements abandonnés, laissés là, oubliés, dans un univers où de nouveaux enfants arrivent et partent ou disparaissent presque chaque jour.

Quant aux cheveux rasés, c'est une obligation sanitaire à cause des parasites qui s'accrochent aux enfants libérés des camps. Le coiffeur commandité pour faire la tournée des centres est surnommé le « Docteur à Poux » et il est craint à mort par les enfants, surtout les filles qui ne se consolent pas malgré la promesse officielle : « Ils repoussent plus beaux. » Sur les photos, les victimes du Docteur à Poux portent un petit turban qui pourrait à peu de chose près être mignon, faire un accessoire charmant pour un *Enlèvement au sérail*, mais toutes ont l'air humilié et mécontent, comme ma petite-cousine Jacqueline qui pose pour un portrait de groupe avec une bouche droite de fureur, un sourire-bandeau qui semble fait dans le même tissu que sa coiffe.

Les coupes de cheveux à la va-vite, les petits larcins d'un personnel aux abois (« Les surveillantes étaient toutes juives », a soin de préciser Andrée), les locaux pas très propres, tout cela ne signifie rien de plus pour l'instant – les cheveux repousseront, le racket pourrait avoir lieu dans d'autres lieux publics, hier ou aujourd'hui. Mais comme le mot « tri », ils changent de signification à l'autre bout des rails. Là-bas, on leur prendra jusqu'au dernier de leurs vêtements. On leur tondra les cheveux, jugés plus utiles dans n'importe quel réemploi industriel plutôt que pour l'ornement de leur visage et leur aura de femmes. On les dépouillera de tout ce qui leur reste, qu'elles auront pu éventuellement sauver et cacher. La montre de Jacqueline, dont les bras de Mickey peuvent se croiser encore des milliers de fois à son poignet si elle parvient à la soustraire aux convoitises dans les dortoirs parisiens, si elle ne la perd pas lors d'un changement de foyer, finira sur un tertre composé de milliers d'autres montres, des montres en fer et en or, des montres à bracelet en cuir, des pendulettes et des montres à gousset. Elle sera jetée sur ce gigantesque monticule qui doit produire un immense tic-tac désynchronisé de bombe sans destination, de monstrueux nid de grillons arraché à la terre. Son bruit, sa courbe de terril luisant et ventru sont mis à profit plusieurs fois par mois pour réunir en cercle tous les aides de camp à qui elles sont redistribuées pièce à pièce, afin de récompenser leurs meurtres.

À l'UGIF, certaines choses pourtant s'améliorent. Les filles sont bien nourries, elles font enfin des repas normaux. Rose dit que les premiers jours, elle conserve et cache le pain qu'on leur donne à table pour tenir le reste du temps, comme elle en avait pris l'habitude au camp de Beaune-la-Rolande, avant de se rendre compte que les repas sont suffisants et réguliers. Elles sont enfin rescolarisées, même si c'est d'une façon un peu inhabituelle pour elles, école juive pour les petites et « cours complémentaire » pour Andrée, une école privée où il a été plus facile de l'inscrire au milieu de l'année, et même si apparemment elles manquent un peu de matériel – dans leurs lettres, elles semblent toujours en quête de cahiers, de stylos, de gommes.

Elles n'ont pas de loisirs, mais elles sont autorisées à aller les dimanches chez des « correspondants », c'est-à-dire des personnes qui se sont portées volontaires pour les accueillir en donnant leurs adresses à l'administration de l'UGIF. C'est ainsi qu'Andrée fait la connaissance de Liette Bernier, alias Tantine, qui vit rue Popincourt dans le 11e arrondissement – à cinq minutes de l'appartement où habite Andrée aujourd'hui, me dit-elle en pointant la direction par la fenêtre de son balcon. Liette Bernier m'apparaît en noir et blanc sur une photocopie de photographie, pourtant je la vois en couleurs : sa mise en plis, son trait de khôl sous les yeux, ses clips aux oreilles, rien de tout cela ne peut être gris, je crois à du doré, à de l'émeraude, du violine, elle a l'allure d'une grand-mère bonne et magique sortie d'un film de Jacques Demy, et qui va se mettre à chanter. Pourtant, quand Andrée la rencontre, Liette est une convalescente : « Elle m'a raconté sa vie : elle avait perdu ses deux fillettes accidentellement, dans un naufrage au large des côtes bretonnes, juste avant la guerre. » Est-ce cela qui lui crée un lien si spécial avec la jeune fille ? Elle aurait pu s'attacher à une autre, mais les autres disparaissent, comme cela arrive dans ce monde où les enfants disparaissent : « Elle recevait au début cinq enfants ; par la suite, deux, Évelyne Kann et moi. Plus tard, je suis restée seule. Je l'aimais beaucoup. » Et Tantine a beau sentir la brioche, elle ne perd rien de la situation, elle perçoit le danger et la détresse de son hôte, et elle décide de l'aider. Elle permet en quelque sorte de mettre en place le premier câble du Réseau Andrée : chaque dimanche, quand celle-ci voudra se rendre ailleurs, manigancer quelque chose avec ses sœurs ou prendre d'autres rendez-vous, elle pourra dire sans problème qu'elle va passer la journée chez Tantine. Et Andrée commence à suivre les indications qui se lisent entre les lignes, dans les lettres de son père. Elle rend visite à Maurice Popilok dans son atelier de fourrure : « J'allais souvent le voir et nous parlions de guerre, d'évasion. » Elle retrouve l'oncle Feld à Barbès, sa femme et leurs deux enfants, et leur appartement devient un lieu pour passer du temps dans une atmosphère de famille – un petit havre dont les parents n'ont pas disparu, dont les enfants n'ont pas été placés. Ils habitent juste à huit minutes à pied du centre Lamarck.

Elles sont aussi suivies médicalement, vaccinées. Si elles sont malades, si elles ont de la fièvre, l'infirmerie est là pour les accueillir, avec plusieurs médecins compétents qui passent régulièrement. Le docteur Benjamin

Weill-Hallé est de ceux-là, et il leur applique le BCG par scarification – un peu comme si Pasteur en personne venait vous vacciner contre la rage : cela ne fait pas moins mal mais c'est presque un honneur car le vieux Weill-Hallé, soixante-sept ans, sorti autant de son service aux Enfants malades à Necker que des manuels de médecine, est un des premiers professeurs de pédiatrie à avoir diffusé l'usage du vaccin antituberculeux sur les nourrissons et les enfants, dans les années 1920. Mais sa stature n'y suffit pas : sa carrière hospitalière a été suspendue avec celle de tous les autres médecins juifs et il se consacre à présent à cette activité de pédiatrie de ville comme s'il sortait de l'internat. Il s'y consacre même à corps perdu depuis qu'il a été un des rares médecins autorisés à porter secours pendant les cinq jours du Vél d'Hiv, après la rafle. Là-bas on l'a réduit à pratiquer une médecine d'urgence pour des êtres humains en train d'être assassinés – créer des corridors d'isolement pour les individus atteints de maladies contagieuses, négocier en vain la sortie des femmes enceintes, quémander de la pénicilline, regarder mourir. Huit médecins juifs admis sur les lieux, aux côtés de sept mille policiers, pour treize mille cent cinquante-deux internés, tel a été le ratio pendant ces cinq jours dont il essaye depuis d'oublier les images et les cris, en persistant dans le fait de soigner les enfants des centres, en se disant que ça ne pourra jamais être pire. Devenu un haut cadre de l'UGIF, il espère, comme ses collègues du conseil d'administration, en faire un lieu de remède au mal – j'imagine que ces tournées de vaccination, destinées à protéger les enfants des atteintes invisibles des maladies, et à les projeter dans l'avenir, font partie de cet effort de croyance supérieur.

Dans leurs lettres, leurs journaux, les enfants passés entre ses mains, Andrée, Jeanne, Rose et d'autres, s'en souviennent tous et en parlent – de l'homme ou peut-être, pauvre homme, juste de sa seringue, de la fièvre qui a suivi la piqûre. Le vieux docteur Benjamin Weill-Hallé s'arrête au centre Lamarck, entre autres. Il fait déshabiller les enfants et les examine, sans que ces derniers se doutent de tout ce qui passe dans son regard de clinicien, sous les sourcils arqués, de tout ce qui se trame pendant qu'il pose ses questions, et évalue les réponses. Ce petit, là, a un oncle à Paris, cet autre un parent à la campagne, ou celui-là a déjà trop souffert, il faut le faire sortir, cet autre est trop malin ou trop attachant – que sais-je des critères qui entrent dans sa clinique du sauvetage, pour que l'enfant soit évadé par ses réseaux. « Monte sur la balance, mon grand », « Tire la langue », « Tousse un peu » – ce qui se décide derrière la porte close, dans le cabinet blanc, a pu déterminer parfois lesquels de ces enfants vivent aujourd'hui près de nous. Pendant qu'ils se faisaient mesurer la tête ou piquer le bras, certains sont devenus sans le savoir, dans l'invisible futur, des grands-parents froissant les pages des quotidiens sur la table de la cuisine, des vieilles femmes et des vieux hommes qui sortent à petits pas et qu'on peut voir assis sur les bancs des squares, aussi sereins que les statues, aussi vivants que les bandes de moineaux.

Weill-Hallé a des mains rapides, qui mesurent et qui pèsent les poids plume et les cœurs gros. Des enfants laminés se trouvent devant lui. Certains s'inquiètent de grandir car ils pensent que leurs parents ne les reconnaîtront plus. Beaucoup de garçons deviennent très difficiles à garder dans la vie en collectivité, ils volent, ils se battent, ils ne parlent plus, on essaye de les prendre en charge dans des foyers spéciaux. D'autres enfants refusent de s'alimenter, ils prolongent les privations subies par l'anorexie qui leur fait des corps aigus, accusateurs.

L'éminent professeur fait ses rapports, il se dépêche pour voir le plus d'enfants possible chaque jour, et en sortir quelques-uns. Il a des manières de patron qui le rendent seul. Il se sait incapable de se soumettre sans chuter à l'espièglerie ou à la tendresse. Il est vieux, moche. Avec son crâne chauve et tavelé, ses joues et ses paupières creuses, il se peut qu'il ne gagne même pas l'amitié des enfants, il doit juste leur faire peur. Sa consultation terminée, ayant administré sa dizaine de vaccins tout en mémorisant des noms, des âges, des adresses de grands-parents dans des bleds inconnus où les enfants ne doivent pas aller tout de suite mais où ils pourront peut-être vivre un jour, Benjamin Weill-Hallé range ses instruments, ses piqûres, il plie sa blouse pour la glisser dans sa serviette en cuir, et enfile à la place son pardessus avec son étoile jaune. Il se hâte vers le centre suivant, numéroté 64 ou 73, ou 36, un des nombreux centres de l'UGIF qui ont ouvert un peu partout dans Paris ces derniers mois et qui l'ont mandaté. Dans la rue, toujours pressant le pas, il refait ses calculs concernant les passeurs d'enfants et les nourrices disponibles, les grands-parents qui n'ont pas des noms juifs, les appartements non recensés, les trajets programmés en zone libre pour tel ou tel motif professionnel. Il y a tel nombre de places ici, et une là, telle famille sur laquelle on peut compter, sa tête contient toute une clinique d'enfants pouilleux, d'enfants fiévreux, plus un véritable quartier général clandestin avec ses cartes, indics, horaires, tout cela sous le crâne dégarni, derrière les yeux rouges de fatigue. Il ne doit pas dormir beaucoup ces jours-ci, il dit adieu à peu près chaque semaine à des confrères, à des amis qui quittent Paris, ou sont arrêtés avant même un adieu. Il possède la carte de haut gradé de l'UGIF qui le préserve censément de cela, mais se rend compte de plus en plus que ça ne veut rien dire et que les jours de cette action sont comptés, alors il se rend au plus vite au centre suivant et examine d'autres enfants, leurs gorges, le fond de leurs yeux, en réfléchissant au moyen de les sortir de là, à une cadence, selon des lois, des critères d'une équité inégale, suivant une science à la petite semaine qui doit le dégoûter autant qu'elle le console.

Il se hâte pour éviter aussi de croiser le maître de céans. Au quatrième et dernier étage du 16 rue Lamarck, dans l'angle qui est en surplomb de la Butte et regarde à pic sur tout Paris, se trouve le bureau du directeur, le colonel

Edmond Kahn. Kahn est aussi juif que Moïse, pas moins juif que n'importe qui dans ces murs et je ne sais pas ce qu'il se raconte sur son rôle ici, il fait partie des cadres de l'UGIF qui croient authentiquement que cette institution est le lieu le plus sûr possible dans des circonstances impossibles, et aussi qu'il va pouvoir sauver sa peau, ou sa carrière – ce qui est rigoureusement vrai, il ressort immaculé des années de la guerre. Ancien industriel dans le textile puis capitaine pendant la Grande Guerre, au centre Lamarck il continue de porter des bottes et des culottes d'équitation, d'après les témoignages des enfants. Ces derniers le craignent, mais il réalise quelques bonnes choses pour le centre, comme d'améliorer l'hygiène et l'alimentation. Il fait partie de ces agents de la collaboration qui ont réussi à se déplacer entre les hiérarchies et les témoignages sans jamais être jugés, même dans un livre.

Weill-Hallé et Kahn sont tous deux des hauts responsables de l'UGIF. Le premier est membre du conseil d'administration, le second a été nommé par l'État collaborateur, ils n'ont pas les mêmes responsabilités ni la même marge d'action. Il n'est pas simple de les juger, il manque peut-être de l'ombre au médecin, ou de faire mieux connaissance avec le militaire. Ce qui est sûr c'est qu'ils travaillent ensemble et qu'ils ont, pour guider leur conduite, à peu près les mêmes informations sur la catastrophe qui est en cours. Ils décident pourtant différemment, l'un en envoyant des enfants chez des nourrices clandestines à la campagne, l'autre à Drancy.

À peine sorties de leur quarantaine, Andrée, Jeanne et Rose sont appelées par Kahn dans sa tour de guet. Une secrétaire les fait attendre dans le couloir de l'administration. Deux enfants qu'elles connaissent, un frère et une sœur, patientent sans bouger dans son bureau pendant qu'elle téléphone et relit des documents sans leur adresser la parole. Le frère et la sœur se tiennent droits sur leur chaise, jetant un coup d'œil de temps à autre sur la femme en tailleur beige, détentrice de la liste ou du courrier qui les concerne. Ils s'appellent soi-disant Jean et Marguerite, mais au réfectoire les autres enfants les appellent plutôt Yanek et Majda, ce sont des petits Polaks. Ils ont une valise en cuir à leurs pieds, sept et neuf ans environ, ils ne parlent pas. Au bout d'un moment une surveillante arrive, essoufflée par les trois étages. Elle reste à la porte sans oser s'adresser aux enfants, alors la secrétaire s'en charge, elle leur dit : « Levez-vous, on va vous accompagner. » Puis elle coche quelque chose sur un des documents. Comme les enfants demeurent immobiles sur les chaises, elle ajoute : « On va vous conduire à Drancy. » Obéissant au regard de la secrétaire, la surveillante confirme d'un hochement de tête mal assuré : « Vous allez retrouver vos parents. Jean, s'il te plaît, prends la valise. » Ils se lèvent, ils partent.

Les sœurs Kaminsky restent encore quelques minutes sur les chaises du couloir sans qu'on leur adresse la parole, se demandant si elles sont attendues elles aussi à Drancy.

Soudain, une porte derrière le bureau de la secrétaire s'ouvre en grand et une voix sort, qui a quelque chose de gris, de métallique et d'un peu sale, quelque chose comme le dessous d'un pont de Paris, qui a de la plume et de la fiente dans le gosier. La voix précède la silhouette : « Les petites sont là ? – Oui, colonel, elles attendent », dit la secrétaire qui semble les voir pour la première fois. « Faites-les entrer. »

Dans sa tour, le colonel est dans le contre-jour de sa fenêtre, dans l'arête sud-ouest de l'immeuble Lamarck. Ce n'est que le troisième étage mais la rue en pente juste en dessous, et l'escalier du passage Cottin font une tranchée noire et on dirait que le bureau est beaucoup plus haut que cela, Paris se déploie à des kilomètres à la ronde. « Vous avez une invitation », dit-il solennellement. « Votre ami, le vice-amiral Kanapa, veut vous avoir pour Noël. »

Cette démarche est banale. Tout au long des internements, les enfants juifs sont autorisés à aller et venir chez des proches, des amis de la famille qui souhaitent les inviter, leur faire faire des sorties pour leur changer les idées. Aucun obstacle à cela, du moment que les hôtes s'engagent à restituer les enfants à la fin de la journée. Ma grand-mère apprendra tardivement, et n'en décolérera pas, qu'une cousine éloignée répondant au nom de Zyla, qui vit à Puteaux, a invité mes petites-cousines pour une ou deux balades. Puis les a ramenées dans leurs foyers de l'UGIF. Certains gardent les enfants avec eux, les laissent s'échapper, déplorent une fugue qu'ils n'ont pas pu empêcher.

D'autres reviennent avec eux le soir venu, comme ils s'y sont engagés. Chacun négocie avec ses propres moyens, avec sa propre terreur de l'orbite de Drancy.

Andrée garde un beau souvenir de cette fin d'après-midi avec ses sœurs dans l'hôtel particulier du militaire sis 4 avenue Émile-Deschanel, le long du Champ-de-Mars. Un palais racheté à un couturier de renom, Worth, dont on dirait qu'il a laissé sur la façade des tombés de feuilles d'acanthe, et imprimé à la pierre un soyeux d'or pâle. Je ne sais si le vice-amiral invite plusieurs fois des enfants, pour qu'ils profitent de Noël, si cet hiver-là il a fait venir plusieurs fratries l'une après l'autre, pour les asseoir dans son salon en leur offrant des livres d'images, des camions, des pâtisseries, ou s'il a fait une exception pour ses petites amies de Beaune-la-Rolande. Est-ce qu'il est un peu cinglé, blessé de guerre, ou est-ce qu'il solde ses cas de conscience avec la hotte du Père Noël ? Peut-être qu'il accueille en famille, avec son épouse et sa descendance. Ou alors, il agit seul, en vieux célibataire qui aime amuser les enfants avec des lanternes magiques, en les faisant sauter sur ses genoux, en allumant ses pets. Je sais qu'il y a un sapin époustouflant chez lui, jusqu'au plafond. Et une sonnette pour appeler la bonne qui fait entrer et sortir les enfants, entrer et sortir les carafes de limonade, les cadeaux. Andrée se souvient qu'elles ont reçu de magnifiques poupées.

En début de soirée, quand le soleil a disparu, relayé par les illuminations du boulevard et les guirlandes du sapin, le vice-amiral Kanapa déjà à moitié endormi appuie une dernière fois sur le bouton d'argent incrusté dans le velours de son fauteuil. Il fait venir la bonne, qui fait venir le chauffeur, et la bonne aide chaque petite fille à remettre son manteau, leur rend leurs cadeaux enveloppés dans des sacs en papier ornés des noms de grands magasins en lettres d'or, de rubans rouges, et elle leur dit au revoir.

Sur la banquette arrière de la Lincoln Continental affectée à leur transport, gavées de sucre et de fatigue, les trois petites Kaminsky ne parlent plus et contemplent Paris qui glisse autour d'elles, couleur de goudron et d'étoiles. Elles remontent le pont Alexandre-III et traversent la Concorde avec une fluidité d'ambassadeurs, de dignitaires nazis remontant par les mêmes avenues ces jours d'hiver 1942 en Mercedes-Benz, puis elles remontent la rue Royale et atteignent les quartiers de plus en plus populaires, la gare Saint-Lazare, la place de Clichy, Montmartre. Quand le chauffeur ouvre la porte, elles titubent hors du véhicule d'apparat. Levant la tête, elles peuvent voir la façade du foyer qui est presque entièrement noire, à l'exception de la fenêtre luisante et jaune du colonel, au dernier étage.

Le lendemain, elles apprennent que les sœurs Korman ont été envoyées dans un autre foyer, qu'elles restent seules à Lamarck. Puis leurs poupées sont volées dans les dortoirs. « Par des surveillantes », suppose Andrée.

De Lamarck à Guy-Patin on dévale Paris, les rues bifurquent en révélant des perspectives profondes, elles tranchent la ville jusque très loin en passant ici devant une librairie ou un café, là devant une terrasse qui semble peinte sur un coin de campagne. Cette pente est vive, elle précipite le pas sans effort, elle fait battre le cœur et peut vous envoyer vers tous les organes de la ville, des plus nobles qu'on aperçoit en bord de Seine aux plus confidentiels, comme aux abords de la place de Clichy où l'on trouve de tout, des tours Eiffel en plastique, des robes à paillettes à louer pour les mariages et les bar-mitsvah, des leggings en vinyle avec des fesses percées et des fouets en faux cuir. Je longe à présent les comptoirs-cantines à trois tabourets qui servent des sandwichs à la viande, et les pâtisseries algériennes qui proposent des paniers de mariage en miel et en sucre, au milieu de champs de fleurs en pâte d'amande rose et verte. Selon un nouage mystérieux de l'intérieur de la ville, les flancs immaculés du Sacré-Cœur se sont enfoncés peu à peu dans Barbès, et je me demande quel chemin les six filles ont pu suivre, par quel escalier, par quel virage on les a fait descendre jusqu'ici.

Derrière l'hôpital Lariboisière se trouve leur deuxième foyer parisien. La rue porte le nom de Guy Patin, un médecin des Lumières dont il valait apparemment mieux éviter le bistouri. Il était plus doué pour ses cours en Sorbonne où il parlait d'un peu tout sauf de médecine.

Guy Patin occupa une grande partie de sa vie à produire une correspondance considérable sur la circulation du sang et sur la littérature (un gros corpus de lettres signées « Guy »), à batailler dans des procès pour diffamation et pour dettes et à garnir sa bibliothèque, une des plus vastes de son temps. Sur le portrait gravé qui nous reste de lui, il a l'air innocent d'un proxénète, les traits reposés et sereins des autoportraits tardifs d'Antonin Artaud, un visage vérolé, tout en os, avec des toupets de poils égarés sur les quelques parties charnues et un menton proéminent.

On entre au 9 rue Guy-Patin par une petite cour où un magnolia flirte avec les poubelles. Aussi connue sous le nom de « Toit familial », l'adresse a toujours servi un mode de vie plus ou moins collectif. L'immeuble fut légué à l'aube du XXe siècle par la baronne Adélaïde de Rothschild afin d'y accueillir un « home israélite pour jeunes filles ». Pendant la guerre, il est confié à l'UGIF et continue d'accueillir des jeunes filles juives, orphelines à la suite des rafles. Ensuite, il reçoit des générations d'étudiants étrangers, surtout juifs, mais pas seulement, qui y trouvent une chambre peu chère et peuvent participer à la vie associative et religieuse. Il est aujourd'hui converti en logements sociaux, répartis en petits appartements et en studios.

En vérité, rien n'évoque moins le pensionnat de jeunes filles que l'approche de cet immeuble : l'ambiance du quartier, le tremblement du métro aérien à l'entrée de la rue, et même le patronage de ce médecin qui doit encore zoner près des poubelles de l'hôpital à la recherche de rats et de seringues usagées, pour la science ou à des fins personnelles. La façade en briques jaunes et rouges a belle allure, avec ses hautes fenêtres et ses deux ailes qui enserrent la cour, mais sa symétrie est menteuse : en entrant par la droite, on monte dans l'immeuble par un élégant escalier plein de grandes ouvertures sur les toits, dont la rampe et les marches en bois poli évoquent l'intérieur des grands lycées parisiens. Alors qu'à gauche, c'est une toute petite vis qui commande les étages, et qui évoque plutôt la vie invisible de générations d'ouvriers, de domestiques, et les descentes de police.

Je teste successivement les deux escaliers, en repassant par le rez-de-chaussée et le minuscule jardin qui est à l'arrière. Une première habitante qui sortait m'a ouvert la grille de la cour à contrecœur, une deuxième m'a fait entrer dans le bâtiment avec un sourire. Les étages sont vraiment hauts, ça monte fort. À présent enceinte de plus de six mois, j'arrive chaque fois au cinquième palier à bout de souffle, la poitrine pleine de battements de cœur et de coups de pied qui me font l'effet de m'introduire avec un invité clandestin, un acolyte dont je ne sais lequel de nous deux protège le mieux l'autre.

« Ma chère Madame Laborieux, Excusez-moi de ne pas vous avoir écrit avant, mais je n'avais pas d'enveloppe. »

La première lettre de Mireille s'échappe de l'intérieur de cet immeuble, le 30 janvier 1943. Heureusement, il y a eu madame Huré : « Madame Huré, la fille de Madame Bane, est venue me voir et m'a donné des enveloppes. C'est grâce à elle que j'ai pu vous écrire. » Je ne sais absolument pas qui était madame Huré : une surveillante, une dame de charité, juive, pas juive, mais grâce à elle nous lisons aujourd'hui le début de la correspondance de Mireille Korman depuis son internement à l'UGIF. Celle-ci contient en tout et pour tout six lettres, et s'achève définitivement le 4 septembre 1943, à Saint-Mandé.

Mireille écrit depuis une des chambres qui donnent sur la petite cour en brique, et d'où l'on voit toutes les allées et venues. C'est le soir, et peut-être entend-elle en bas le piano de Thérèse Cahen, la surveillante de nuit, qui joue et chante souvent quelques morceaux avec les filles après le dîner. De la musique romantique surtout, qui évoque des forêts et des fleuves, et des pièces lyriques, des adaptations de Ronsard et d'Apollinaire qui donnent l'impression d'une flambée un peu étrange, bleu et or, ou qui font penser à des fleurs qu'on ne trouve pas à Paris en hiver dans des conditions normales, des fleurs cuirassées avec des gueules rouges qui poussent aux serres d'Auteuil ou au Jardin des Plantes, où les filles n'ont plus le droit d'aller. Thérèse Cahen peut faire ça mais elle peut aussi accompagner le dessert avec n'importe quelle bluette que les filles lui commandent et qu'elle fait s'envoler drôlement d'entre ses épaules épaisses, ses grandes dents. Elle a de trop grandes mains, s'habille dans des vêtements usés, et les cernes qu'elle se fait à essayer de continuer la musique dans ces circonstances, où elle est radiée de toutes les salles de concert, où elle a perdu un à un tous ses élèves prestigieux, elle les avait déjà, sa peau est comme ça, ses dents sont comme ça, elle préfère bien ça que d'arrêter de fumer. Elle ne met pas plus de coquetterie dans son apparence que dans le programme musical du foyer, pourvu qu'on la laisse consumer son paquet de Gauloises chaque nuit de veille, pourvu qu'elle arrive à faire un peu rigoler ces gosses, et chanter sur le clavier noir et blanc.

Mireille s'est extraite de la fumée, des rires et du piano, elle a réussi à trouver une enveloppe, un crayon à papier, elle écrit : « Vous avez dû savoir que j'ai quitté Lamarck pour aller dans un autre asile, Guy-Patin. » « Vous », ce sont madame Laborieux et ses filles, Marie et Angéline, restées à Montargis – celles qui ont hébergé Nathan Russ et ont été ses amies, et se sont liées aussi avec Chava et Lysora. Les six lettres qui composent la correspondance de la jeune fille depuis les foyers leur sont toutes adressées. À aucun moment, à ma connaissance, ou d'après les archives que nous avons entre nos mains, l'adolescente n'adresse une lettre à ses parents ou à ses oncle et tante, mes grands-parents, dont elle ne sait probablement pas où ils se trouvent. Il semble que la seule possibilité qu'elle ait en ce début d'année d'écrire à quelqu'un à qui la lettre parviendra, et qui lui répondra, ce sont les Laborieux de

Montargis. Mireille signe parfois seule, parfois avec ses sœurs à qui elle passe le crayon.

À « Guy-Patin » alias « centre n° 30 » de l'UGIF, elles doivent subir une nouvelle fois les quinze jours d'isolement quand elles arrivent. Le Docteur à Poux rôde toujours et les lits sont défoncés, mais elles sont logées en chambrées plutôt qu'en dortoirs, ce regain d'intimité les console. Les enfants sont moins nombreux, le personnel plus disponible. « Nous sommes bien », écrit Mireille. « Je m'inquiète de votre silence et j'attends tous les jours de recevoir de vos nouvelles. J'espère que vous êtes en bonne santé. »

Quant à elles, leur santé est plus que prise en charge. La cité au bord de Paris continue de faire parvenir dans les centres des enfants amaigris et qui se grattent au sang. Les photos montrent d'autres petites filles en turban, et d'autres encore à qui on met des perruques, des chapeaux. Le centre Guy-Patin est aussi celui où exerce madame Schmidt, la dentiste, chargée de la santé dentaire des enfants « bloqués » du nord de Paris, et madame Schmidt, devenue un prétexte comme un autre à une sortie autorisée, pour des gosses désœuvrées, est à elle seule une institution qui fait la renommée du centre n° 30. En outre, les filles ont continué de recevoir semble-t-il toutes les vaccinations possibles et imaginables pour protéger leur avenir : « Moi et mes petites sœurs sont en bonne santé. À Guy-Patin, on nous fait des piqûres contre la diphtérie, typhoïde, tétanos, cela fait très mal mais cela empêche d'attraper les maladies. »

Leurs rares sorties se concentrent sur l'école, et les éventuels « correspondants » du dimanche. Elles ne sortent jamais en groupe sans être chaperonnées, et aperçoivent souvent la silhouette de Guy Patin près des poubelles, à l'arrière de l'hôpital, qui leur fait presser le pas. Il invente toujours quelque chose pour les intimider. Généralement, il se contente de les suivre en leur jetant des insultes antisémites et en leur demandant si elles connaissent la guerre, d'autres fois il leur propose de les violer, il leur demande combien elles prennent. Il est arrivé qu'il accompagne le groupe jusque sur le boulevard en marmonnant des menaces de mort, ou sans rien dire. « Les dimanches nous sortons chez des gens qui nous invitent à déjeuner. Nous mangeons bien, nous attendons le dimanche avec une impatience. Tous les jours je vais à l'école juive, je déjeune à la cantine et le soir je reviens. »

Mireille termine la lettre numéro 1 en faisant part d'un souci : elle manque de matériel scolaire, des crayons, une gomme, tout ça, et elle demande à madame Laborieux et à ses filles si elles pourraient la dépanner. Elle annonce aussi que les petites Kaminsky sont arrivées ici deux jours avant, elles sont encore en isolement sanitaire, mais voilà les six enfants de Montargis à nouveau réunies, ce qui devrait faire plaisir à leur amie restée là-bas. Enfin elle se dépêche d'aller se coucher, parce que la journée du lendemain commence tôt, et elle les embrasse bien fort.

La nuit est tombée depuis longtemps sur le foyer de la rue Guy-Patin, une nuit profonde sous les réverbères éteints du couvre-feu. Les souffles de cent fillettes dans les chambrées aux hauts plafonds, sur quatre étages, autant de rêves et quelques chuchotements qui sortent des couvertures, sont doux comme une usine de pains d'épice au milieu de la ville. Pendant ce temps le métro tremble au bout de la rue et Guy-la-Mort, avec son menton en galoche, écluse encore les poubelles, là-bas derrière l'hôpital, à la recherche d'un manuscrit qu'il a égaré tantôt – un pamphlet, des souvenirs de la Grande Guerre, ou un recueil de chansons, car il a aussi une veine lyrique. Tout en fouillant il profère des menaces contre la juiverie internationale, contre le pognon Rothschild qui a permis l'existence du bâtiment en face où toutes ces gosses dorment tranquilles, qui finance la vie de ces petites connes parasites, ces demi-clochardes sans parents qui mangent le pain des autres et, à cette heure, soulèvent leurs chemises de nuit et se branlent en paix, ou se rendent visite entre elles pour se donner des coups de main satinés pendant que les gens comme lui crèvent la dalle.

Le 10 février 1943, dix jours après la lettre numéro 1 de Mireille, un autobus s'arrête et se gare devant le foyer, en pleine nuit. On sait bien que c'est la nuit puisque Thérèse Cahen, lorsqu'elle écrit à sa sœur Louise pour lui confier ce qui vient de se passer, lui dit qu'elle était encore seule, qu'elle attendait pour passer le relais à sa collègue du matin. Si elle pouvait encore exercer son métier de musicienne, à cette heure Thérèse aurait été dans son lit, chez elle, après un concert et une journée à aller et venir entre les appartements de ses élèves, et elle serait cette semaine en train de préparer un récital, d'éditer des partitions, de relire des compositions de son élève Jacques Leguerney – celui qui adapte Ronsard et Apollinaire avec un chaudron d'alchimiste. Mais ici, à quarante-trois ans, elle s'occupe des enfants seuls et se trouve avant l'aube devant le piano fermé du réfectoire, à écouter des mélodies qui restent dans les profondeurs de sa tête pour se maintenir éveillée, en balançant le buste, le front penché sur les touches immobiles et les poings serrés au fond des poches de son tablier pour se retenir de les laisser courir sur le clavier, ne réveiller personne.

Mais au-delà de sa musique intérieure, elle commence à entendre autre chose qui provient de la rue. Un moteur roule sur lui-même pendant encore quelques secondes, puis se tait. Une portière, des pas qui tombent sur le pavé. Elle est toute seule, elle écrira à sa sœur : « C'est moi qui ai prévenu les petites. » Ces dernières, l'ensemble du groupe convoqué, sont toutes arrivées récemment de la cité au bord de Paris, que Thérèse nomme « Dr. ».

Elle doit aller les chercher une par une, les tirer du sommeil en suivant la liste que lui ont confiée les agents de la direction de la police judiciaire, des types en civil qui attendent dans la cour. Elle a quelques secondes pour lire une première fois, les réverbères sont encore complètement éteints là-dehors, mais il reste les phares du véhicule dans le fouillis du moteur et quand le conducteur coupe cet éclairage vacillant, il est déjà trop tard pour elle, pour tous ses choix futurs. C'est le dernier arrêt de la nuit, le bus est archiplein : avant d'arriver là, il est passé par Lamarck et avant cela par l'hôpital Rothschild, près de la place de la Nation. Elle n'a pas eu le temps seulement de voir, mais d'être regardée, de recevoir les dizaines de regards sous les fronts appuyés aux vitres, et les poings ou les paumes de mains ouvertes, eux aussi comme des yeux, des enfants qui étaient là-dedans.

Il doit être cinq heures du matin, elle aimerait beaucoup qu'arrive la surveillante de jour mais manifestement celle-ci n'entend pas ses prières. Thérèse s'enfonce dans le hall, se glisse dans l'escalier de droite, celui qui est ample et qui permet de contempler les toits de la ville. Elle monte en réfléchissant à ce qu'elle peut les aider à emporter, le policier a dit « vite », elle décide de se concentrer sur les plus petites, il faut penser à leur dire de prendre des vêtements chauds, il faut leur glisser des trucs à manger, elle n'a pas le temps de passer par les cuisines, qu'est-ce qui reste dans les poches de son tablier ? Elle monte, à chaque étage elle ouvre une ou deux portes sans faire de bruit et, sans franchir les seuils de ces nids d'ombre, elle murmure un ou deux noms, plusieurs fois, elle répète d'une voix sans timbre « Debout » et « Il faut s'habiller » jusqu'à entendre des froissements de couvertures et des affolements de pieds nus. Dans la dernière chambre, au troisième étage, elle appelle non pas un ni deux, mais trois noms d'un coup, d'un seul souffle, une seule phrase ou peut-être un seul mot : « Minalolasimone ? Mi-na-lo-la-simone ? » Puis elle répète en détachant les noms, d'abord l'aînée des sœurs Sternchuss, c'est Mina, elle a neuf ans et demi, Mina répond. Ensuite Lola, et Simone, qui ont huit et six ans, la chambre s'anime, elles se lèvent toutes, trois filles brunes aux yeux semblables, aux gestes qui ont quelque chose de semblable aussi, comme trois ombres d'une seule fleur prise dans des phares, à qui elle dit : « Habillez-vous, je reviens. »

« Je me souviens de Betty Saltiel », écrit Andrée, qui voit partir une de ses meilleures amies, une petite parisienne née à Salonique. Elle l'a connue à Lamarck. Ses parents ont disparu depuis novembre, car c'est en novembre qu'a eu lieu la grande rafle des juifs grecs, à Paris et en province – plus d'un millier de personnes arrêtées en une journée et envoyées à la mort quatre jours plus tard. « Et d'une mignonne brunette, aux yeux violets, de six ans environ, à qui on préparait un baluchon : elle tremblait. » Si la petite fille dont parle Andrée a six ans, d'après la plaque commémorative cela doit être la petite Lola, née en 1936. À moins que Thérèse ait laissé sa grande sœur Mina s'occuper d'elle, dans ce cas l'enfant aux yeux violets est plutôt Jeanine Lipszyc, qui a seulement quatre ans, la plus jeune de la liste. En tout, il y a onze filles qui sont emmenées dans le bus, et rejoignent la trentaine d'autres enfants déjà là. Elles viennent s'asseoir près de ceux qui ont l'air de dormir le front appuyé contre le fauteuil de devant, ceux qui se tiennent la main et ceux qui regardent dehors, qui continuent de fixer leurs yeux sur Thérèse Cahen, figée devant la grille après les embrassades hâtives sur le perron et après avoir traversé la cour au pas de course avec ses filles et leurs valises de rien du tout, pour certaines juste leur cartable qui devra faire l'affaire.

Onze filles passent sous les fenêtres obscurcies du foyer tandis que d'autres se glacent le front depuis les étages, à suivre ce qui se passe en bas – se guettent et s'aperçoivent d'une aile à l'autre, quand la blancheur d'une chemise de nuit se prend dans un reflet, et reculent dans leurs chambres quand le bus rallume ses phares et s'en va.

Et pour celles qui ont continué de dormir, onze filles manquent au petit-déjeuner, qui ne se pointent pas à l'heure au réfectoire, ni au moment de partir à l'école, et dont elles comprennent la disparition définitive à leur retour de classe, le temps que la rumeur ait fait le tour de tous les groupes, à tous les étages. Thérèse Cahen, dans une lettre à sa sœur du mois de février, l'informe qu'elle vient de demander sa mutation hors de Guy-Patin : « Je ne dis pas aux grandes de se sauver au lieu de rentrer chaque soir du lycée ou de l'école. Mais ce serait la seule chose digne. »

« Sans cela, rien de grave n'est arrivé », ajoute Mireille, quant à elle, une dizaine de jours plus tard. C'est la lettre numéro 2, en date du 24 février. « Cela » se réfère au fait que ce jour-là, Jacqueline et elle sont tout juste remises de je ne sais quelle nouvelle maladie encore, à la guérison d'autant plus mystérieuse qu'elle doit venir non seulement des microbes qui traînent dans les dortoirs mais aussi de l'intérieur du cœur et de la tête. L'anniversaire d'Henriette, qui a eu quatre ans le 15 février, juste après la rafle, a dû être très obscurci par les événements. Mireille ne le mentionne pas et écrit depuis l'infirmerie du centre. Elle confie à madame Laborieux qu'elles ont eu de la fièvre, mais elle précise qu'elles sont guéries, et c'est à ce moment qu'elle ajoute, ce 24 février, quinze jours après la rafle : « Sans cela, rien de grave n'est arrivé. »

Toutes les lettres de Mireille que nous possédons ont cette maigreur, cette placidité désolante que j'attribue en partie à l'anticipation de la censure, mais surtout au souci de ne pas paraître une source d'ennuis pour celles qui sont ses derniers interlocuteurs, pour maintenir le contact. Ces missives depuis les foyers sont toutes composées à peu près de la même façon : un bulletin de santé, l'emploi du temps hebdomadaire, puis la liste de quelques fournitures, quelques besoins en matériel scolaire, de l'argent pour pouvoir faire des cadeaux aux surveillantes – par affection réelle ou souci de ne pas être trop négligées, je ne sais pas. La lettre numéro 2, à cet égard, est la plus marquée par la nostalgie : en plus d'une livraison de crème au chocolat pour Henriette, « la crème qu'Henriette réclame sans cesse » – quasi-slogan publicitaire, on le chanterait –, Mireille demande à madame Laborieux qu'elle lui envoie des photos de la famille : « Voudriez-vous s'il vous plaît m'envoyer quelques photos de maman et de papa, les plus belles, et aussi quelques photos d'Henriette avec ses anglaises, les plus belles, de Jacqueline, de monsieur Russ et de moi et aussi quelques photos des amies s'il y en a. » La lettre numéro 2 se distingue aussi de toutes les autres lettres de Mireille par le fait qu'elle porte les signatures des six filles : « Jacqueline et Henriette, et les petites Kaminsky se joignent à moi pour vous embrasser bien fort », dont acte, les cinq autres noms déboulent dans quatre écritures différentes : Jacqueline, Henriette (je crois que c'est l'écriture de Jacqueline qui signe pour Henriette), Andrée, Jeanne et Rose.

Il existe un deuxième document qui réunit les noms des filles Korman à cette période. Le 21 février, dix jours après l'enlèvement de leurs camarades, elles décident de fêter les quatorze ans d'Andrée et lui offrent un livre d'une édition déjà un peu datée, les *Contes et légendes mythologiques* d'Émile Genest – des réécritures de la mythologie grecque publiée par les éditions Nathan en 1936. Elles ont dû dénicher ce recueil dans un bac de libraire sur le chemin de l'école. Dans ces pages on rencontre le Chaos et la chèvre Amalthée, le Minotaure, Vénus et Diane. Je pense qu'elles l'ont choisi surtout pour ses images : des gravures de Joseph Kuhn-Régnier, un de ces illustrateurs qui partage son œuvre, en une longue tradition, entre les contes pour enfants et la littérature érotique. Kuhn-Régnier encre pour les éditions Nathan le jour et pour Pierre Louÿs chez Simon Kra, au Sagittaire, la nuit. Des traits qui circulent sans mot dire entre la nuit et le jour ont pu déterminer le choix du livre, sous son habit pédagogique. Ses dessins imitent le style « figures rouges » de la céramique grecque en les parant de la mode Belle Époque, ils jouissent de la ressemblance voulue de chez Maxim's avec Athènes en une assemblée commune de tuniques fluides, entrouvertes, de couronnes de fleurs dans les cheveux, et dans la nudité des nuques et des épaules. En souvenir d'elles, les sœurs Korman ont écrit dans la couverture leurs trois noms, Mireille, Jacqueline et Henriette, et elles ont ajouté « pour les 14 ans d'Andrée, Centre UGIF Guy-Patin, le 21 février 1943 ». C'est un peu curieux, car la date du 21 février est en fait trois semaines avant le véritable anniversaire d'Andrée, née le 15 mars. On dirait qu'elles se sont hâtées de se rassembler pour ce banquet en trompe-l'œil : dans le texte, les dieux et les héros s'entretuent, se violent, se dévorent ; dans les images, ils ne font que trinquer et danser.

La lettre, je l'ai, avec les cinq autres dont ma sœur m'a donné une copie. Quant à l'exemplaire des *Contes et légendes*, il n'est pas loin, Andrée l'a sorti sans peine de sa bibliothèque, elle l'a posé devant moi à côté du portfolio de « cartes interzones » envoyées à son père, et des albums de famille. Elle me laisse l'emporter quelques jours pour le lire, avec la facilité qu'elle aurait à prêter un bouquin récent, les *Mémoires* de Michelle Obama par exemple, qu'elle lit ces jours-ci, en poche, si je le lui demandais.

La vieille dame parcourt avec moi les lettres et les cahiers, elle commente longtemps les souvenirs qui naissent de ces pages, répond à toutes mes questions sur les documents qui datent de ces deux années. Mais elle s'attarde aussi volontiers sur les albums de la vie après la guerre. Elle les a tous sortis, et les décennies qui suivent, qui font le pont avec aujourd'hui, sont tout aussi importantes pour elle. Il y a beaucoup de portraits d'elle. Andrée a longtemps été aussi belle qu'une Figure Rouge, aussi bien habillée et légère qu'une reine de chez Maxim's. En venant la voir, je savais que j'allais trouver une vieille dame et j'espérais que dans la vieille dame, je trouverais aussi l'adolescente. Je n'avais pas anticipé ce qui se produit, et qui est une rencontre avec une femme du même âge que moi – celle des photos, dans l'album. Andrée ne s'est pas évadée pour se morfondre, elle n'est pas restée dans les nippes de misère qu'on lui avait prêtées, elle s'est multipliée dans les miroirs, les lentilles des appareils photo, et les regards des hommes dont elle a gardé tel ou tel cliché, glissé dans les pages que je tourne. Elle ne s'est pas évadée pour porter le deuil, et peut encore me dire exactement les couleurs et les matières de ses robes en les pointant sur les pages plastifiées : bleu ciel à plumetis, rouge en coton, velours violette, et nommer les copains, les flirts, les prétendants, qui ont pris les photos. Elle retrouve dans ses armoires certains chapeaux, elle m'en essaye d'autres, elle n'a pas perdu le geste. Elle ne s'est pas sauvée pour se noyer dans ses larmes.

Au bout d'un moment, pourtant, elle se trouble, à cause d'un chagrin récent. Elle me dit qu'elle vient d'apprendre il y a seulement quelques jours que son mari, juste après son décès, a été privé de ses yeux – je suppose qu'il s'agit d'un prélèvement de cornée, qui n'aurait de toute façon pas dépendu de son consentement, mais à ce moment-là, elle était encore hospitalisée, et elle se tourmente à l'infini pour cette perte. « Ses beaux yeux… Vous vous rendez compte ? » Elle me confie cela plusieurs fois, comme si de toutes les blessures de sa vie, c'était la plus profonde, la plus ancienne, celle qui s'infecte et qui se réinfecte tout le temps, malgré la patience et les soins. « Vous vous rendez compte ? » Je regarde les portraits sur les pelouses des parcs, dans les chambres à coucher, sous les kiosques des manèges et sur les plages, dans les bals et les fêtes, où elle a été regardée mais dont les regards sont perdus. Des photos où je pourrais me voir aussi, comme j'en ai des dizaines, des photos qui font que ces jours-là j'ai pensé exister plus que d'autres par la grâce d'un seul homme. En me montrant ces albums, Andrée se met à pleurer sans pouvoir s'arrêter. Plongeant dans une angoisse de solitude qu'elle n'a pas besoin de me décrire, elle pleure les yeux qui quelques mois plus tôt ont été enlevés à sa vie, le regard crevé, à l'endroit où elle était belle.

« Henriette est assise à côté de moi, en train de faire des petits serpents avec du papier et un crayon », écrit Rose à son père depuis la rue Guy-Patin. On est un vendredi, après la classe. Les deux petites filles, de quatre et sept ans, doivent être assises dans le réfectoire. Elles ont pu gratter quelques feuilles de papier et Rose vient d'apprendre à écrire, alors elle écrit, tandis qu'Henriette déchire du papier dont elle emmaillote son crayon. Les grandes sont je ne sais où, peut-être dans leurs chambres, peut-être dans la cour que j'ai découverte à l'arrière du bâtiment, desservie par les deux cages d'escalier et où j'avais trouvé un sol de goudron brun luisant de pluie, de hauts murs noyés de lierre, un appentis et, sous cet appentis, un chat curieux venu me saluer en haut du perron, un gros tigré à l'arrière-train volumineux me regardant par en dessous de l'air incorruptible qu'ont les chats, capables d'accueillir tous les cadeaux et les caresses du monde sans vous céder un poil de familiarité. Jeanne et Jacqueline sont peut-être là, à cajoler le chat et bavarder sur le perron en regardant l'averse. Andrée doit être dans sa chambre, en train de lire. Quant à Mireille, il est possible qu'elle se trouve à l'infirmerie, puisqu'à partir de la rafle de février 1943 elle a toujours mal au ventre, parfois de la fièvre, elle vomit, elle tousse, c'est fou, en fait, si l'on en croit les lettres, les témoignages, le temps qu'elle passe là-bas.

Restent Rose et Henriette dans le réfectoire à l'heure du temps libre, entre l'école et le dîner. Leurs têtes aux cheveux trop courts sont penchées sur le papier ; quand elles les relèvent, c'est à chaque fois le réfectoire avec ses tablées et ses bancs, et la rue Guy-Patin, toute la ville qui semblent reprendre forme dans leurs yeux arrondis de concentration, qui avaient tout oublié. Si elles s'adressent la parole c'est pour se parler une fois comme à des chiens, une autre comme à des dames de cour, à la façon de leur âge, dépourvue de censure mais gonflée d'imitations de toutes sortes. En fabriquant ses serpentins en papier, Henriette est peut-être en train de fredonner la chanson qu'elle adore, « *Mon père m'a donné un p'tit chat* », Henriette adore chanter mais celle-ci est sa préférée, « *mon Dieu quelle bête, quelle drôle de bête* ». En serrant bien le papier, puis en le lâchant d'un coup, on obtient des spirales d'un bel effet qui roulent et rebondissent légèrement sur la table et cette légèreté de copeaux de bois partage avec les épluchures de taille-crayon, les pelures de gommes, les crottes de nez, la qualité extraordinaire de dépôt de l'ennui enfantin. En détendant un peu le papier on peut varier ses formes, et Henriette inscrit aussi quelques hiéroglyphes abstraits en prétendant que c'est son nom qu'elle a tracé, « Henriette », même si je pense qu'elle ne sait pas l'écrire et que d'ailleurs elle ne saura jamais l'écrire, du fait de son âge et de son début de scolarisation chaotique, en témoignent les lettres où sa sœur Mireille signe à sa place. Elle déchire une nouvelle bande de papier et Rose lorgne son geste d'un air un peu navré, c'est du gâchis mais ça la tient tranquille, en attendant que les grandes reparaissent d'où qu'elles soient, depuis les chambres ou le petit jardin de derrière où vit le gros chat solitaire et tigré qui ravit les pensionnaires, gonfle sa fourrure et offre son ventre, mange les miettes de biscuit sans jamais dire merci. Henriette continue d'embobiner le papier et elle en arrive comme chaque fois à l'épilogue, c'est-à-dire la cuisson du chat, « *Dans une castrolle il tomba* », continue-t-elle sur un ton désolé, mais pas tant que ça à cause du mot dont les sons qu'elle déforme la ravissent, « castrolle », et finalement « *quelle drôle de bête* », dit le refrain, comme si c'était de sa faute, au chat, de se retrouver mangé « *comme un lapin* ».

C'est la dernière fois que les deux filles sont vues côte à côte. Le même jour, Thérèse Cahen vient chercher Henriette et lui dit qu'elle doit partir, elle est attendue dans un foyer à Neuilly où l'UGIF rassemble en ce moment les enfants les plus jeunes. Elle va l'aider à faire son sac, elle va prévenir ses sœurs. Est-ce qu'elles vont se revoir ? « Aucune idée », pense Thérèse. « Bientôt », lui répond-elle.

Henriette Korman est la première à être séparée du groupe et c'est aussi celle qui va rester le plus longtemps isolée. Son statut de toute petite justifie ce placement dans un foyer à part, une ancienne maison de convalescence protestante qui était la « Maison Marguerite », au 67 rue Édouard-Nortier, juste à côté de la Seine, et qui a été débaptisée pour devenir le « service 40 », plus couramment appelé la « pouponnière de Neuilly » parce qu'il abrite les enfants les plus jeunes dont les parents ont été déportés, garçons et filles tous âgés de moins de dix ans. Le bâtiment où Henriette a passé six mois a disparu, remplacé par un immeuble d'habitation aux parois lisses, couleur crème, entouré de balcons pour profiter des arbres et du calme de cette rue élégante. Sa façade symétrique et cet empilement de balcons en verre lui font un peu une tête de mausolée. Pour Henriette et ses quatre ans, un âge où le temps d'une journée est un pays, une immensité dont le cadre est à peine visible, les six mois dans cet endroit sont un gouffre. Et pour ses sœurs, qui sont assez âgées pour en avoir conscience, pour Mireille surtout qui s'est donné pour mission de protéger ses cadettes, cet événement doit ressembler à une amputation, à un meurtre, un enterrement où elle serait à la fois jetée vivante sous la terre et penchée sur le fossé où on la met. Ça veut dire quoi, de devenir une personne qu'on place, qu'on maintient enfermée, qu'on déplace et qu'on sépare des siens sans plus aucune justification, sans qu'aucun contrôle ne soit exercé, d'aucune espèce d'autorité, sur ces divers mouvements ? Elle continue d'avoir mal au ventre et de séjourner régulièrement à l'infirmerie. Jacqueline, elle, se raccroche sans doute comme elle peut à la présence des sœurs Kaminsky.

Quelques semaines après, à la mi-avril, elles sont toutes les deux réacheminées au centre Lamarck pour un nouveau tri, suivies des trois sœurs Kaminsky. Elles reviennent en arrière sans Henriette, et sans Betty Saltiel dont elles n'ont plus aucune nouvelle. Je me demande ce qu'elles éprouvent à former ce groupe d'enfants qui se perdent et qui se quittent sans arrêt, alors que leurs parents ont disparu. On dirait des poupées gigognes auxquelles on enlèverait successivement toutes leurs enveloppes, qui flottent dans un espace sans arrière-plan. Enlevées à des familles qui n'existent plus, elles se recomposent en groupes successifs qui s'égarent et se dispersent à nouveau, dans ces lieux vidés de leur usage normal, et dont on peut les retirer d'un jour à l'autre.

Quand les cinq filles sont renvoyées à Lamarck, le mur qui entoure la cour de l'immeuble a été garni de tessons de bouteilles. Andrée me montre plusieurs fois une photo d'un groupe de copines de Lamarck – encore plusieurs filles à turban – posant devant la chose. Au lendemain de la rafle à Guy-Patin, des fidèles protestants menés par Paul Vergara, pasteur de l'Oratoire du Louvre, ont usé du droit de visite aux enfants juifs pour les emmener en promenade, et ne jamais les ramener. Soixante-deux enfants ont disparu en une seule journée, à la suite de quoi le colonel Kahn a pris de nouvelles dispositions. Il limite encore plus les sorties et, depuis les étages du centre, il a supervisé la pose du goudron et de la crête verte. Curieuse réponse de Kahn à Vergara, puisque les enfants ne s'étaient pas échappés par le mur. Sur la photo, cet aménagement paraît en fait assez dérisoire, un nichoir à pigeons, en décalage avec le mode opératoire habituel des évasions, sur le chemin de l'école, ou lors d'autres sorties. Pourtant, Andrée revient souvent à cette image, qui semble signifier pour elle l'aggravation rapide de la situation. Et je découvre que, en effet, elle a un sens plus inquiétant parce que, au printemps 1943, les foyers d'enfants de l'UGIF se mettent à dépendre directement du camp d'internement de Drancy, et Drancy ne dépend plus de la hiérarchie nazie installée en France, mais directement de Berlin. Ce n'est pas le sommet du mur qui menace, c'est sa base, là où il est planté juridiquement. Ce n'est pas cette échine de dragon, le problème, c'est ce qu'il y a en dessous, le mur lui-même, sa structure administrative, qui pendant cette année 1943 est en train de le faire changer de pays, comme s'il était construit à présent dans un camp d'extermination en Pologne.

L'aménagement du mur correspond au moment des séparations. Après Henriette, les autres sœurs sont vite affectées dans d'autres foyers, très éloignés les uns des autres. En avril, Jacqueline et Mireille Korman sont placées à Saint-Mandé, au 5 rue Grandville, « service 64 ». C'était auparavant une petite maternité, une « maison de naissance », selon les termes de l'époque, installée dans un hôtel particulier en bordure du bois de Vincennes, ce qui l'a désignée pour accueillir les jeunes filles à la santé fragile, afin qu'elles puissent se promener et profiter d'un air un peu plus pur. Je suppose que l'état de santé très dégradé de Mireille décide de ce placement avec Jacqueline. Enfin en juin, avec l'arrivée des vacances d'été, les plus jeunes des Kaminsky, Jeanne et Rose, sont placées dans une autre maison, le « service 56 » ou « Séjour des Voisins », très loin dans la banlieue ouest, à Louveciennes, presque à la campagne, sous la boucle de Seine qui relie Saint-Germain-en-Laye et Rueil-Malmaison, un ancien orphelinat pour enfants d'agriculteurs dont le grand jardin, les hauts murs couverts de lierre, les arbres volumineux aptes à recevoir des balançoires suspendues, l'ont qualifié comme lieu de villégiature pour jeunes filles. Andrée reste seule dans Paris : elle est envoyée au foyer de jeunes filles de la rue Vauquelin, dans une ancienne synagogue à l'arrêt forcé.

Tout au long de leurs différents séjours, des enfants partent et viennent, suivant les possibilités de regroupement des fratries, ou en fonction d'autres classements, suivant les âges, ou les séparations entre foyers de garçons et foyers de filles, des règles qui changent, des conditions variables, et des convocations d'un jour à l'autre à « Dr. ».

À partir de ces séparations du début de l'été 1943, les filles Korman et les filles Kaminsky plus jamais ne se rencontrent. Elles n'ont pas eu non plus d'autres échanges, pas de lettres, Andrée m'évoque seulement quelques surveillantes qui avaient l'occasion de circuler entre les foyers et qui ont pu leur faire parvenir, une fois ou l'autre, des nouvelles des unes et des autres. L'amitié et la réclusion commune dont nous parlent aujourd'hui les survivantes, leur vie de presque sœurs aura duré sept mois, en tout et pour tout, depuis l'arrestation à Montargis jusqu'aux séparations irréversibles dans Paris. Je relis et je recompte, assommée par la brièveté de cette rencontre, stupéfaite de ce qui apparaît comme un malentendu concernant l'intimité, le destin commun. Dans les récits que fait Andrée, dans son journal ou dans ses autres écrits, ou aujourd'hui même quand elle en parle, ces sept mois semblent immenses. Moi aussi, en lisant et en relisant les témoignages au présent et au passé, malgré les documents qui les jalonnent de dates, je mets longtemps à appréhender les véritables proportions de ces événements. Je crois, pour cette amitié, à des années, à des palais du temps. Quand elles en parlent, Beaune-la-Rolande ressemble à une île-prison beaucoup plus vaste que ce que j'y ai trouvé réellement, un soir – le petit lycée agricole de quelques bâtiments entre les champs de betteraves. Lamarck et Guy-Patin, Vauquelin, où l'on peut être enlevée n'importe quand, sont pris dans le présent perpétuel des enfants.

Je crois que l'immensité de ces sept mois est due aussi à une dimension du temps qui serait verticale, une fosse s'ouvrant, invisible, derrière le talus trop haut d'une voie ferrée. Pendant les deux mois où elles sont internées à Beaune-la-Rolande, quatre convois, numérotés 40, 42, 44 et 45, partent de Drancy et arrivent à Auschwitz-Birkenau – faisant plus de quatre mille morts. Pendant qu'elles sont à Lamarck et à Guy-Patin, entre février et mars 1943, il n'y a pas moins de huit convois, c'est-à-dire plus de huit mille morts, parmi lesquels leurs onze camarades de chambrée arrêtées le 11 février, et peut-être d'autres qu'elles connaissaient. Andrée me dit : « Il y avait constamment des rafles. Voilà, et c'étaient des Français qui venaient nous chercher en général. En fait ils venaient compléter les wagons, avec des enfants. C'était ça, le truc. Et j'en ai vu, donc, j'ai vu des rafles d'enfants à Lamarck, j'en ai vu à Guy-Patin, à Vauquelin. » Pendant l'été 1943, quand Andrée et ses sœurs ne vivent plus dans les mêmes foyers, partent encore trois convois, qui font à nouveau plus de trois mille morts.

Andrée ne voit pas ces quinze mille morts, seulement le temps qui passe, et les enfants qui disparaissent. Le 13 août, elle écrit dans son journal : « Quant à moi, c'est décidé, je ne resterai pas. » Et aujourd'hui encore, à moi qui la regarde en cet été 2020 par-dessus les albums de photos, les ouvrages d'archives, les lettres et les devoirs d'école : « Y a des moments, il faut se remuer. »

Raphaël naît au mois de janvier 2021, et je mets beaucoup de temps à reprendre mes recherches. Pendant plusieurs semaines, je laisse mon vélo dans son cabanon et j'arrête de suivre la piste de mes petites-cousines et de leurs amies dans Paris. Je cesse de penser à cette histoire, qui se fige comme la surface d'une eau très calme même si je sais qu'elle m'environne de partout, comme à quelques rues de chez moi, l'école Lucien-de-Hirsch où furent arrêtés soixante-dix-huit enfants le 21 juillet 1944, la même nuit que mes petites-cousines, et sur les plaques des établissements scolaires que je ne peux ignorer dans mes promenades de jeune maman, mon bébé blotti contre ma poitrine, mais devant lesquelles je passe mon chemin.

Pour la deuxième fois de ma vie, j'entre dans ce temps de chair qui a le pouvoir de n'être interrompu par rien, un temps si dense qu'il ne semble connaître ni le jour ni la nuit, ni les dates ni les heures, seulement la scansion des états de veille et de sommeil. Un des rares livres que je lis pendant cette période – le seul dont je me souvienne – est *Je sais pourquoi chante l'oiseau en cage*, l'autobiographie de la poétesse américaine et militante des droits civiques Maya Angelou. Je commence à le lire à la maternité et je le continue à tout petits pas dans l'atmosphère de janvier, m'exposant dès que je peux à la voix moqueuse de l'écrivaine, à sa joie brûlante, son courroux de déesse. Dans les toutes dernières pages, celle-ci raconte la naissance de son fils alors qu'elle est encore adolescente, dix-sept ans. Elle décrit sa terreur de le toucher, de lui faire mal, de le laisser tomber si elle le porte, de l'étouffer si elle dort avec lui. Justement, elle ne veut pas dormir avec lui et c'est sa propre mère qui s'en occupe dans ces moments-là, émue par le désarroi de sa fille si jeune. Mais au bout de trois semaines, le soir venu elle l'oblige à se lever, lui fait un lit propre, la recouche, lui amène l'enfant. Elle la laisse se débrouiller seule avec lui dans la colle des rêves, des langes et de l'allaitement. Quand elle se réveille au matin, la narratrice tient son bébé dans ses bras, ayant trouvé sans le vouloir les angles et les appuis exacts pour blottir ensemble son corps et le sien. Je me réveille moi aussi avec Raphaël dans les bras et avec Vincent, son père, près de nous comme un jardin, procurant chaleur et lumière. Je me promène avec Raphaël, je dors et me rendors avec lui. Nous faisons et recevons ensemble de très rares visites, dans ce long hiver d'un nouveau confinement où la ville semble une fois de plus absente à elle-même. Je passe un peu de temps à écrire ou à téléphoner pour annoncer son arrivée, j'imprime et j'envoie des photos de lui à des proches, et aux sœurs Kaminsky parmi d'autres amis et tous ceux que je ne veux pas laisser ignorants de ce changement du monde. J'attends que mon bébé grandisse un peu, qu'il quitte un peu le lit pendant la nuit, que son père et moi nous puissions le laisser plus souvent dans son propre couffin où il s'endort dans une gloire de super-héros, de profil et le poing levé, sa gigoteuse comme une cape sur ses épaules. J'attends qu'il se nourrisse d'autre chose que de mon lait et qu'on sorte ensemble de l'épais nuage où l'on se touche plus qu'on ne se voit, j'attends que son visage me soit si connu qu'il puisse se dessiner sous mes paupières où que j'aille, le moment mûr où je pourrai m'éloigner en emportant son image avec moi.

Un jour, j'arrive au 9 rue Vauquelin. J'ai garé mon vélo dans la rue Claude-Bernard que je connais par cœur, mais je tourne l'angle avec étonnement dans cette transversale tout à fait inconnue de mes pas. Je me place en face du visiophone et je dis que je viens pour l'office de 18 heures. Je demande aussi si je peux entrer un peu avant pour visiter la synagogue et, derrière son écran de vidéosurveillance, Dramé, le gardien des lieux, déclenche l'ouverture de la porte. Après avoir monté les quelques marches du lobby, je réitère ma demande et je suis à nouveau exaucée : Dramé m'indique l'entrée de la synagogue qui est en face de nous, de l'autre côté d'un grand couloir.

L'endroit a repris exactement ses fonctions initiales : un lieu de culte et d'étude de la Torah, en fait le principal séminaire rabbinique de France. La façade par laquelle je suis entrée ne révèle rien, elle ressemble à toutes les autres façades de cette rue élégante aux pierres d'un blanc doré, aux hautes fenêtres à corniches, aux balcons en fer forgé et aux toits d'ardoise. C'est en passant le premier corps de bâtiment qu'on découvre l'usage du lieu et le temple qui s'y cachait, au milieu d'une grande cour qui dessert également la bibliothèque. L'activité théologique de ses occupants, la quinzaine d'étudiants-rabbins qui vivent là, résonne avec le concert des autres savoirs, physique-chimie, philosophie, langues anciennes, qui se pratiquent dans tout le quartier. Les jeunes rabbins se mélangent aux étudiants d'aujourd'hui et leurs thurnes côtoient celles des étudiants d'hier, tel Rastignac que Balzac loge rue Tournefort, à deux pas. Mais pendant près de trois ans, tout cela n'a plus existé. Dispersés par la conscription, la clandestinité, les exils, les étudiants ont disparu, et plus encore les étudiants-rabbins. Ils ont été remplacés, entre janvier 1943 et juillet 1944, par des jeunes filles que l'UGIF avait décidé d'interner dans les chambres des séminaristes.

Sont-elles venues pousser la porte du temple ? Une ancienne pensionnaire, Yvette Lévy, la seule rescapée de la rafle du 21 juillet 1944, m'a dit qu'il y avait eu un jour une bar-mitsvah clandestine. Le reste du temps, ce lieu a été à l'abandon et disponible aux allées et venues de la trentaine de filles qui ont vécu là et dont rien ne dit qu'elles étaient spécialement intéressées par la prière.

Il n'y a personne sous la coupole de la synagogue quand je la découvre. Je fais quelques pas sous le balcon réservé aux femmes, et j'arrive au bout de la travée principale. Sous le ballon épanoui de la voûte, l'espace serein, incroyablement blanc, réfléchit les bleus et les verts géométriques des vitraux, et l'or des chandeliers. Au fond, il y a les tentures rouges qui gardent la Torah, et de part et d'autre, les travées où les jeunes pensionnaires sont peut-être venues certains jours pour s'asseoir et pour bavarder, ou pour être seules, lire, regarder la lumière des vitraux trembler sur les murs.

Près de l'entrée, accroché sous le balcon des femmes, un écran montre la rue où je me tenais il y a quelques minutes. Le perron d'où j'ai appelé apparaît dans des gris tremblants, au milieu des vues en mosaïque de cinq ou six caméras orientées sur le lobby, la cour et l'extérieur. Je reconnais Dramé, à son poste. Il accueille un homme en chemise blanche portant une sacoche, qui est en train de franchir l'entrée. Sur la vue d'à côté, la cour avec ses marronniers filmés en continu comme s'ils allaient se mettre en mouvement. Et encore à côté, le trottoir bordé de barrières, de balises et de panneaux autour d'un immeuble en chantier, et des passants : une femme avec un sac en bandoulière et des vêtements amples qui fait penser à une touriste, un adolescent en sweat et baskets. Juste devant la porte de l'établissement, un homme transporte sur sa tête un matelas qui descend jusqu'à ses genoux, comme un grand capuchon. Dans la nuit du 21 juillet 1944, les trente-trois filles qui restaient, âgées de quinze à vingt ans, ont été appelées à cet endroit, sur le seuil du foyer. L'œil de la caméra de surveillance aurait vu arriver un bus, qui se serait affiché en nuances de gris sur l'écran intérieur de la synagogue. Le bus arrêté le long du trottoir était déjà plein d'une centaine d'enfants et les responsables, surnommés « le Commando Drancy », sont arrivés dans le lobby pour s'entretenir avec le personnel, qu'ils ont embarqué avec les filles.

Quand je sors de la synagogue, je retrouve Dramé qui est d'accord pour me faire visiter les lieux. Dramé a les cheveux qui grisonnent, il est vêtu d'un jogging bleu ciel, de sandales, et circule avec souplesse, en gardant ses écouteurs de musique dans les oreilles tels des phylactères new age. Il m'accompagne dans la cour où attendent un magnolia aux branches fines, qui a commencé à ouvrir quelques fleurs blanches, et un vieux ballon de foot aux coutures crevées. Dramé me montre la salle supplémentaire pour les fêtes, la bibliothèque, et l'escalier qui conduit vers l'étage des résidents. Il me guide vers la salle où sont rangés les livres de prière aux reliures de cuir et aux tranches dorées qui illuminent son visage tandis que je le prends en photo, les yeux fermés, le corps traversé par le fil blanc des écouteurs qui ondule contre lui. Il me raconte qu'il est né à Dakar, qu'il est musulman, mais qu'il a accompagné tant de générations de jeunes rabbins qu'il s'y connaît sûrement autant qu'eux dans les règlements du dieu juif. En passant devant la cantine, il me rappelle une chose importante : il faut séparer le lait de la chair, me dit-il, ce qui résonne étrangement avec ma situation présente, et cette sortie qui est peut-être une des premières loin de mon bébé – puis il me quitte, remet ses écouteurs dans ses oreilles et retourne à la surveillance de l'entrée.

Dans le journal qu'elle a écrit pendant son séjour au foyer Vauquelin, Andrée, avec ses quatorze ans, témoigne de sa difficulté à trouver sa place parmi les autres jeunes femmes. Beaucoup n'ont plus l'âge d'être scolarisées et toutes s'ennuient, n'étant admises ni dans les études ni dans des emplois hors de l'UGIF. Il y a une dizaine de personnes pour s'occuper d'elles, surtout des filles, des surveillantes qui parfois ont en fait le même âge qu'elles. Elles passent des journées vides à errer sous le regard sombre de la directrice, Françoise Mayer. N'ayant pu empêcher plusieurs évasions, celle-ci vient d'être incarcérée pendant un mois à Drancy. Elle en est revenue début mai de justesse, après l'intervention d'un haut gradé de l'UGIF, et assez changée, sans qu'on sache en quoi, la peau plus grise, les cheveux plus rares, quelque chose de fixe dans les yeux. Pour la surveillance des filles, elle est détentrice de nouvelles instructions auxquelles elle ne compte pas déroger. Sans le savoir, Andrée arrive au foyer presque en même temps que Françoise Mayer revient du camp.

Andrée possède de nombreuses photos des autres pensionnaires, des portraits en buste élégants, sur fond de rideau noir, sous une lumière soignée. « Au foyer, on s'échangeait des photos. » Le loisir préféré des filles était de se faire belles et de se rendre dans des officines de photographes, aux alentours du Luxembourg et de la fontaine Saint-Michel, puis de troquer leurs portraits. Elle me montre celui de Rosette Berengolc, une fille aux joues rondes et aux cheveux bouclés, qui a mis une veste de tailleur avec un col tartan et une cravate. Andrée a aussi une photo de Claire Orloff, avec un petit menton carré et un regard très malin, coiffée d'une frange et qui porte une chemise d'homme et un foulard de cow-boy. Elle a Georgette Poliakov, une brune aux grands sourcils et au visage incroyablement gracieux, qui n'a pas échappé à la lame du Docteur à Poux, mais a donné le change et trouvé un turban assorti à son chemisier, dans un velours d'apparence chatoyante. Enfin elle a Bella Cuna, visage lunaire aux grands binocles ronds, qui porte une robe foncée à petits pois. La trentaine de filles, ni enfants ni en âge de vivre seules, sinon pour aller où, qui n'ont plus de parents et qui rêvassent dans la yeshiva abandonnée, remplissent dès qu'elles le peuvent un bon de sortie pour aller dans les studios en bord de Seine. Elles indiquent sur le coupon réglementaire le nom d'une officine ou d'une autre, la directrice hagarde tamponne, puis signe en marmonnant quelque chose à propos des autres pensionnaires qui seront arrêtées à cause d'elles si elles ne reviennent pas avant l'heure du dîner. Les groupes de filles sortent par l'épaisse porte du séminaire rabbinique en tailleur et rouge à lèvres, ou toute autre tenue qu'elles ont pu bricoler, avec ce qu'elles ont trouvé de chapeaux, de bas, de bijoux en faisant des échanges, des prêts, et descendent la rue Vauquelin en groupes serrés aux assemblages changeants avant de tourner à droite dans la rue Claude-Bernard. Tout au bout, aujourd'hui, à la station de RER Luxembourg, on voit des filles du même âge qui viennent se faire flasher dans la cabine du photomaton situé en bas des marches, puis attendent qu'il leur souffle leur image encore chaude dans un bruit de sèche-cheveux, avant d'aller lire, manger des glaces et des sandwichs, fumer et bavarder sur les bancs du jardin. Au retour, les petites séminaristes de la rue Vauquelin ont elles aussi leurs photos dans les poches de leurs manteaux, et arrivées dans les chambres elles se les offrent pour se souvenir les unes des autres dans leurs vies futures.

Ces allées et venues permettent d'esquisser les contours de leur singulier régime de réclusion. D'un côté, elles sont surveillées et menacées de représailles sur leurs camarades si elles s'échappent. De l'autre – et ce n'est pas le cas dans les foyers de filles plus jeunes –, elles peuvent aussi sortir et aller à peu près où elles veulent tant qu'elles indiquent leur destination. Finalement, la plupart ne s'échappent pas puisqu'elles n'ont pas de parents, pas de destination précise, pas d'occupation, et parce qu'elles savent que celles qui se font arrêter ne reviennent pas.

Ce printemps-là, entre avril et juin 1943, celles qui se font arrêter sont conduites à Drancy et enfermées dans le camp de concentration pour une période de long internement marquée par une intensification des violences, brimades et tortures, sans départ par convoi. Elles assistent aux travaux de terrassement auxquels on force les hommes juifs dans la cour pour faciliter les départs. Régulièrement, de nouveaux prisonniers arrivent, depuis d'autres camps qu'on ferme et qu'on fait affluer d'un coup à Drancy, d'abord celui d'Écrouves près de Nancy, puis Beaune-la-Rolande, ou de tous les hôpitaux juifs, raflés par vagues à partir de début juillet. Enfin, des gens arrivent seuls, ou en couple, ou avec leurs enfants, ou des fratries orphelines, tous ceux qu'on arrête à la suite de délations ou de pressions sur des personnes déjà internées, ou qu'on interpelle dans la rue parce qu'ils portent l'étoile jaune ou parce qu'ils ne la portent pas, ou grâce aux listes de l'UGIF, qui a été forcée de communiquer le 14 juillet 1943 les noms de tous les juifs présents dans les hôpitaux, maisons de vieillards, asiles d'aliénés et foyers d'enfants. Ils sont mis là à attendre, à s'accumuler, à mourir de tuberculose, de dysenterie, de faim, jusqu'à être des milliers dans les étages de la cité de la Muette. Le 23 juin, les déportations reprennent, mille dix-huit personnes sont envoyées à Auschwitz. Puis le 18 juillet, mille personnes, parmi lesquelles on aperçoit une silhouette aux contours flous à cause de ses châles, dans sa toupie de fumée. Sa grosse poitrine et ses grosses fesses ont fondu depuis les adieux de décembre, et sa voix a fini de s'érailler, même si dans son tissu usé elle enveloppe encore les enfants qui viennent écouter ses histoires. Arrivée à Drancy le 19 juin avec les cent deux personnes qui restaient à Beaune-la-Rolande, Jeanne Montefiore meurt un mois plus tard, par le convoi n° 57, qui emporte aussi quatre-vingt-onze enfants.

Au début du mois de juin, les jeunes filles du foyer Vauquelin se changent et se mettent à nouveau en costume pour une représentation de *Cyrano de Bergerac*, d'Edmond Rostand. Les surveillantes ont fait un montage accéléré du texte qui sera surtout l'occasion d'une fête dans la grande cour. Andrée a aussi gardé des photos d'elle et de ses camarades ce jour-là. Sans surprise vu sa réputation scolaire, sa mémoire d'éléphant, et une bonne volonté sans doute supérieure à celle des adolescentes plus âgées, c'est elle qui a le rôle de Cyrano, c'est-à-dire une culotte bouffante, une chemise ceinturée avec une grande collerette, une cape, et un chapeau de cadet de Gascogne, panache compris. Sur le portrait en pied qu'elle me montre, elle tient le bord du chapeau pour un salut. Sous la photo, dans l'album, elle a écrit : « Je suis Cyrano. » Quant au nez, elle m'explique qu'elle ne supportait pas le postiche qu'on lui avait préparé avec un élastique et du papier mâché, ça tombait, ou ça la grattait, finalement on lui a juste mis un peu de maquillage pour le grossir. Cela ne donne pas grand-chose sur Andrée qui a en fait un nez assez petit et fin, dans un genre plutôt Cléopâtre que Gérard Depardieu. Les ardents physionomistes de *L'Antijuif*, de *La Libre Parole* ou de *L'Action française*, s'ils avaient été conviés à cet événement, auraient sans doute hurlé contre ce rabotage des lettres françaises. Berthe Boski est Christian, elle aussi avec bottes, veste ceinturée, chapeau. Enfin Cécile Rodal incarne Roxane avec une robe à cerceaux et un éventail qui ne font pas très Louis XIII, et semblent devoir beaucoup plus à une production antérieure de *Carmen*. Cécile est tellement Roxane, ou si durablement marquée par cette période de claustration, ou par la foi, ou par le Verbe, qu'après la guerre elle se convertit au catholicisme, entre dans les ordres et, comme l'héroïne de la pièce, passe le reste de sa vie dans un couvent.

Devant le fronton de la synagogue, les surveillantes et les internées installent une estrade et vont chercher dans les salles de cours, dans la bibliothèque, dans les chambres, toutes les chaises possibles pour asseoir le public. Les filles ont été autorisées à lancer des invitations et Andrée a fait venir Liette Bernier, et ses sœurs qui arrivent de Lamarck – c'est sans doute la dernière fois qu'elles se voient avant leur placement estival à Louveciennes, pour le reste du mois de juin et pour tout juillet. Depuis cet endroit du Quartier latin, Andrée va se retrouver loin de tous ses repères et contacts, à l'est et au nord de Paris. Après le spectacle, en bottes et en chapeau gascon, elle a peut-être l'occasion d'échanger quelques mots dans un coin de la cour avec Tantine, qui lui dit de lui rendre visite ou de faire semblant de lui rendre visite quand elle le veut. Elle parle peut-être d'évasion avec ses sœurs.

En 2021, dans la cour du séminaire israélite, il n'y a plus de tréteaux, plus de spectacle. Je rencontre trois jeunes filles habillées en noir : ce sont deux des filles du rabbin, et une copine, avec qui je bavarde longtemps. Elles sont toutes au lycée, en première et en terminale. On est en pleine semaine des célébrations de Pessah et elles n'ont pas le droit de se laisser photographier les jours de fête, donc j'essaye de toutes mes forces de me souvenir d'elles. Il y en a une grande, une moyenne, une petite. Elles portent des jupes noires et des hauts à manches longues noirs également, dans des matières brillantes, comme du tulle ou de la soie, mouchetés de pois, rayés, et des baskets. Elles ont aussi un sourire avec des bagues, des boutons sur le front, ça les rend craquantes de courage, et de plus elles sont patientes et prodigues de leur temps. Je les accompagne pour assister avec elles à l'office. Je leur demande de l'aide pour me repérer dans le livre de prières, elles m'indiquent la page, on bavarde, on retrouve la bonne ligne, on bavarde encore et on ne suit plus rien à la prière. Je leur raconte ma vie, ce que je fais là. J'enregistre le chant des hommes qui monte depuis la salle – un son à la confluence de la transe, de l'extase et d'une petite liste de courses hâtive qu'on se réciterait en chemin pour ne rien oublier. Elles me félicitent pour la naissance de mon fils, je les interroge sur leurs études. Je leur raconte l'histoire de mes petites-cousines, et des sœurs Kaminsky qui ont survécu. L'une d'elles me dit, l'aînée je crois, qui se destine à être pédiatre : « C'est un miracle. » En nous quittant dans la cour aux marronniers, nous échangeons nos numéros de téléphone portable pour nous revoir, ou plutôt nous donner une preuve de notre croyance commune dans le futur.

Les filles Kaminsky ont fait sept tentatives d'évasion. Six fois, elles ont échoué, mais à la septième, racontent-elles, dans tous les dits et écrits qui composent leur témoignage à trois voix, elles ont réussi.

Ce chiffre me semble quasiment faire partie de la formule de l'évasion.

Pour y parvenir, je me suis rendu compte qu'elles s'étaient mises à inclure chaque étape des préparatifs qui ont marqué la chronologie du mois d'août 1943, les opérations de dépôt de vêtements chez l'oncle Feld, les rendez-vous et les conciliabules à Lamarck ou dans d'autres circonstances bricolées. Et si elles les incluent, j'en suis arrivée à la conclusion que c'est parce que ces étapes étaient elles-mêmes aussi dangereuses que les évasions, qui étaient elles-mêmes aussi dangereuses que de ne rien faire – mais il est impossible de savoir quelle conscience elles avaient de cette équation, depuis les foyers d'où les enfants pouvaient être retirés du jour au lendemain pour être placés dans d'autres foyers, ou pour disparaître complètement mais où elles étaient cependant scolarisées, nourries, soignées, entretenues dans l'espoir de retrouvailles avec leurs parents. En surface, la vie dans les foyers n'avait rien de pénitentiaire et, finalement, elles n'ont essayé que deux fois de quitter la surveillance de ces havres menteurs ; elles ont réussi la troisième, ce qui est déjà énorme compte tenu de la temporalité très resserrée de ces trois dates du mois d'août 1943. Enfin, le nombre de trois évasions, même s'il est porté à sept, paraît minuscule si l'on y intègre les milliers de tentatives d'évasion qu'elles ont faites et défaites en pensée pendant la même période. « Le soir j'invente des plans, toujours nouveaux », écrit Andrée dans son journal. C'est un cahier vert avec l'emblème complet de la Ville de Paris sur la couverture – bateau-blason et *Fluctuat nec mergitur*, suivi des mentions « École primaire communale de Paris » et « Fournitures scolaires gratuites ». Elle poursuit : « La nuit, ils me paraissent réalisables. Le jour, j'y repense et je les trouve stupides. »

Le mois de juillet 1943 à Paris est caniculaire. Dans la cour du foyer Vauquelin où les jeunes filles s'ennuient, les feuilles de marronnier forment une voûte sèche et tremblante. Quand elles sortent pour être prises en photo ou aller voir le Luxembourg, les pensionnaires mettent des tenues de plus en plus aériennes, parfois juste les chemisettes de leurs sous-vêtements glissées dans la jupe, n'ayant pas grand-chose en stock. Madame Mayer les voit passer sans réagir, elle n'est pas gardienne des bonnes mœurs. Yvette Lévy m'a raconté qu'une des filles est enceinte quand elle arrive à Auschwitz, mais cela personne ne le sait – Yvette me dit qu'elle était si maigre que pendant les appels qui duraient des heures, alors qu'elles étaient mises nues, par tous les temps, pour être comptées et pour décompter les mortes, cela ne se voyait pas. Mais la fille reviendra avec son bébé et alors on se passera la nouvelle, entre filles rescapées qui se cherchent, à travers le royaume desséché du Retour.

En tant que benjamine du foyer, Andrée observe l'atmosphère amoureuse avec un sentiment d'exclusion, bras croisés sous les seins naissants, quand leur incomplétude les rend si gênants. Les rapports des médecins sur les foyers rapportent des cas d'enfants internés depuis plus d'un an qui craignent de grandir, pensant que leurs parents ne les reconnaîtront pas, et d'autres qui s'arrêtent de grandir, soient qu'ils cessent de s'alimenter de façon plus ou moins volontaire, anorexie ou brûlures d'estomac telles qu'en présente ma petite-cousine Mireille, soit que le processus s'enraye, par des moyens à peine identifiables, et que l'enfant se maintienne dans les contours d'une silhouette qu'il ne veut plus changer. Andrée est plutôt grande pour son âge mais il est clair d'après son journal qu'elle n'évolue pas dans la zone du flirt et de la coquetterie que pratiquent ses aînées. Elle se situe en deçà, dans un *continuum* de silhouettes qui la rapproche de ses sœurs, ou parfois bien au-delà, dans une stature maternelle à laquelle elle a accédé en passant par-dessus l'expérience amoureuse. Willy Fischer, un garçon qu'elle a connu à Lamarck et que l'UGIF a mis dans une des écoles professionnelles pour garçons, fait plusieurs apparitions dans le désert de juillet. Elle évoque des lettres qu'ils s'écrivent, des rendez-vous avec lui et sa petite sœur Ida. Elle partage avec lui une camaraderie dont elle ne démord pas soixante-dix ans plus tard, et quand je lui demande si c'était une amourette, elle laisse l'idée retomber à son pied : « Oh, Willy ! », et la dégage avec souplesse : « C'était un bon copain. »

En fait, pendant ces vacances d'été, le sexe l'intéresse moins que l'écriture. Andrée attend chaque soir que la salle de bains collective se libère et sort de sa chambre en chemise de nuit, emportant son cahier ainsi qu'un crayon à papier dont on peut supposer qu'il lui a également été fourni gracieusement par la Ville de Paris. Elle remonte en silence le couloir des ex-séminaristes, pose ses pieds nus sur le carrelage des « lavabos », la salle de bains d'où ont disparu les voix réverbérées, les bigoudis, les brossages de dents, de cheveux, et s'assoit sous un rayon de lune.

Elle décrit dans son journal des rêves où elle voit sa mère. Elle raconte les chamailleries avec les autres filles de la collectivité, les sorties chez Tantine, ou dans les studios des photographes. Elle parle de l'appartement de ses cousins, Etka et Abraham, où elle peut trouver de temps en temps le repos et le sein d'une famille. Elle revient sans cesse sur le fait qu'elle n'a pas de nouvelles de ses sœurs.

Quand elle retrouve sa chambre, elle range le cahier dans sa valise, sous son lit. Son geste montre que ces jeunes filles captives sont peu surveillées dans leurs activités, et il nous éclaire sur une certaine atmosphère de relâchement – peut-être parce que c'est l'été, peut-être parce que la contre-offensive des Alliés commence à heurter les esprits (« L'Administration ne marche plus », note Andrée dans son journal, après avoir entendu parler du débarquement en Sicile), ou bien parce que les filles ne savent pas que le gouffre de Drancy, au bord de Paris, s'est rouvert et que l'Administration marche suffisamment bien pour y envoyer des milliers de personnes pendant l'été. Ou encore, parce que c'est plus fort qu'elle de faire ce qu'elle fait : parler d'évasions à longueur de pages.

Le cahier s'ouvre le 5 juillet, quand elle rédige ce qu'elle appelle sa préface, la préface de ce cahier de fugues. Elle décrit sa solitude dans le foyer et pleure l'absence de ses sœurs.

Le 7, sans savoir que Jeanne Montefiore vient d'être enfermée à Drancy, elle évoque le souvenir d'une promenade avec elle dans le camp de Beaune-la-Rolande, et de la couleur du ciel que la vieille dame lui a fait regarder à la tombée du jour, derrière les barbelés. Un soir, à la suite d'une rumeur de rafle, les surveillantes dispersent les filles dans des familles complices. Et le 10 juillet, Paulette Zaidman, « une charmante et blonde petite camarade », s'enfuit. Le reste du foyer craint les représailles, sous forme d'interdictions de sortie qui seraient une catastrophe pour Andrée, déjà toute à ses préparatifs. Juillet est un gouffre d'ennui et d'inquiétude.

Il y a un tournant dans le journal, à la date du 5 août 1943. Ce jour-là Jeanne et Rose sont à nouveau changées de foyer. De la maison d'enfants à Louveciennes où on leur avait fourni des vacances d'été, elles sont ramenées une fois de plus au centre de tri de Lamarck. Elles sont enfin à Paris, et Andrée vient les voir le jour même. Son foyer dans le Quartier latin reste bien éloigné de ce grand nord et les autorisations de se voir sont très espacées, mais au moins ses petites sœurs réintègrent l'espace qu'elle maîtrise et connaît. Sa carte mentale de Paris englobe les alentours de Montmartre, dont elle est devenue familière. Elle intègre aussi l'appartement autorisé de Liette Bernier dans le bas de Belleville – c'est-à-dire le quartier où vit Andrée en 2020 quand je la rencontre –, ainsi que le foyer Guy-Patin où se trouve le cabinet de la dentiste. Ce lieu, qui fait normalement fuir les enfants, les attire au contraire par dizaines. On dirait que madame Schmidt, au lieu d'opérer les caries, distribue roudoudous et berlingots sans compter dans son arrière-boutique, qu'elle a une connexion spéciale par-dessus la ligne de démarcation pour fournir Paris en nougats et en sucettes. Plus prosaïquement, il est aussi possible que derrière son enseigne se cache une praticienne pas dupe voire complice des entreprises d'évasion des enfants, ou de leur désir de prendre l'air hors de leurs foyers venimeux, et qu'elle signe avec libéralité tous les billets de déplacement qu'ils lui apportent, sans même regarder l'intérieur de leurs bouches. Il est donc assez fréquent de lire dans les récits d'enfants de l'UGIF qu'ils passent rue Guy-Patin chez la dentiste, à un rythme soutenu, et plutôt corrélé au désert d'activités que représentent leurs longs internements. Enfin et surtout, on trouve sur la carte d'Andrée l'appartement de l'oncle Feld, rue Eugène-Sue, qui n'est sur aucun radar de l'UGIF et où les trois filles s'arrêtent dès qu'elles le peuvent.

Une fois qu'on a placé ces repères sur la carte de Paris, on a devant les yeux l'intégralité du plan d'Andrée, et de ses ressources. Entre 1942 et 1944, les évasions d'enfants juifs ont suivi différents circuits dont les noms émergent peu à peu après la guerre en obtenant la reconnaissance de Justes, ou qui ont aujourd'hui une place dans les livres d'histoire : c'est le cas de l'Entraide temporaire, vers laquelle étaient conduits les petits vaccinés du docteur Weill-Hallé, ainsi que du réseau Garel, du comité Amelot, ou de toutes les initiatives menées par Juliette Stern qui avait créé le service « 42 B », doublure clandestine du service d'assistance sociale qu'elle dirigeait à l'UGIF, en tissant tout un réseau de nourrices et de familles d'accueil à la campagne. Mais en ce qui concerne les filles Kaminsky, aucun de ces noms n'est mobilisé – il y a seulement les trois sœurs, avec les lettres de leur père et leurs quelques amis. Seulement cette fine constellation de filles éparpillées dans Paris, où vit encore la vieille adolescente aux yeux bleus qu'est devenue Andrée.

À partir de leur retour à Paris, toute la difficulté consiste pour Andrée à enseigner à ses petites sœurs comment détourner les autorisations d'aller chez leurs correspondants du dimanche, ou bien au cabinet de madame Schmidt, afin de se rendre en fait chez leurs oncle et tante à Barbès. Jeanne n'a que dix ans, Rose en a sept, et il faut aussi apprendre à Jeanne à veiller sur Rose et à l'empêcher de tout saboter en révélant des informations, en traînant les pieds en chemin, en ayant peur. « Il fallait la mouliner », me dit Andrée à propos de Jeanne, qui doit à son tour mouliner Rose.

Elles doivent surtout mouliner leur itinéraire pour arriver chez les Feld. Le plus direct et le plus logique en apparence, c'est de descendre la rue Lamarck, à droite en sortant du centre, celle-ci va tout de suite dans la bonne direction. Mais il est aussi possible de contourner le centre en descendant la rue du Chevalier-de-la-Barre, très en pente et qui fait prendre le risque de passer sous la fenêtre du colonel Kahn, mais qui permet également de disparaître de sa vue, de disparaître presque de la surface de Paris en s'enfonçant dans les escaliers du passage Cottin, aussi raides que des rapides, et de faire croire qu'on va vers le boulevard Barbès, vers Guy-Patin par exemple, pour se faire soigner une rage de dents chez le docteur Schmidt.

Pour l'arrivée, elles doivent se repérer dans le quartier de la Goutte-d'Or, tout aussi populaire hier qu'aujourd'hui, où scintillent les vitrines des nouveaux exils, les taxiphones et agences de transfert d'argent qui racontent les liens à des ailleurs beaucoup plus vastes que l'Europe, plus lointains que la Pologne de leurs parents. Si c'était le Paris où j'écris ce livre, on les verrait circuler, une enfant de sept ans, une de dix, entre les vendeurs de cigarettes sous le pont du métro aérien et les vendeurs de crack sous les porches d'immeubles, entre les auvents Vichy rose du magasin Tati bientôt en faillite – et aussi, une vision qui leur aurait été familière, une large tente à l'enseigne de la Croix-Rouge qu'elles ont pu côtoyer à Beaune-la-Rolande, et désormais destinée au dépistage d'une maladie dont elles ne connaissent ni le nom, SIDA, ni le vocabulaire, pénétration, seringues, shoot, sodomie, fellation, les mots qui se prononcent derrière la porte en toile cirée blanche, qui s'écrivent avec le reste du lexique sanitaire, de l'algèbre des préadolescentes du futur sur les plaquettes pédagogiques distribuées à l'entrée en même temps que les préservatifs. Leurs pas contournent l'actuel dôme blanc si elles prennent le chemin de chez la dentiste.

Quant à aller rue Eugène-Sue, elles n'ont pas besoin de descendre aussi bas, de quitter la nasse des petites rues discrètes. La rue qu'elles cherchent forme une fine passerelle entre le haut de Barbès et le bas de Montmartre. C'est une rue insoupçonnable où rien n'invite à s'arrêter et qui fait penser à l'arrière cartonneux d'un décor de théâtre, une coulisse derrière la cohue du boulevard.

L'appartement de l'oncle et de la tante est au numéro 14, un immeuble dans une enfilade d'autres qui sont tous en pierres jaune pâle avec des hautes fenêtres, des détails néoclassiques, et tout en haut, touchant le ciel, les chiens-assis, gris sombre, des chambres de bonne et des autres logements plus pauvres.

C'est par là que, finalement, l'oncle s'est évadé. Caché par un voisin, passé par les toits ou par un autre stratagème, disparu derrière le rempart crénelé, et sauf. « Est-ce que je peux remonter pour aller chercher mon pardessus ? » a-t-il demandé aux envoyés de Drancy qui sont venus l'interpeller en février 1944.

Qu'est-ce qui fait que le couple Feld se montre aussi déterminé à aider ses nièces, au point de prendre plusieurs fois le risque d'héberger leurs rendez-vous, et n'en tirent pas de conséquences pour eux-mêmes ? Leurs enfants, Ida et Charles, sont avec eux, scolarisés. Ils ont un appartement, ils peuvent aller et venir. Abraham doit se morfondre, il a été prisonnier de guerre, rapatrié pour cause de maladie, et il n'a plus le droit d'exercer son métier de maroquinier. Mais bien qu'ils se soient déclarés comme juifs, personne n'est venu les chercher en juillet 1942, ni après. Ils ont déjà quitté Paris une première fois pendant l'exode, ils sont revenus, ça a été épuisant et inutile. Après avoir bénéficié de l'hospitalité de Max et d'Hélia, partagé leur vie à Montargis, ils sont rentrés chez eux, ont réintégré la rue Eugène-Sue où ils subissent petit à petit les dégradations de leur monde, l'interdiction de travailler, de se déplacer, où ils assistent aux arrestations et aux rafles tout en étant assignés à résidence. Ida, leur fille aînée, a mal au dos, elle doit porter un corset, ne pas se fatiguer dans de grands trajets. Enfin, ils attendent un bébé. Pourquoi accueillir sa naissance ailleurs qu'à Paris ? Pour aller où ? Je ne sais pas si Etka a dit aux petites Kaminsky, à ce moment-là, qu'elle était enceinte. Mais cela doit contribuer à donner à cet appartement une atmosphère de secret, de préparatifs et de doutes, cela doit leur donner un sens des responsabilités un peu extraordinaire vis-à-vis de ces gamines qui ne sont pas les leurs. Les visites d'Andrée, Jeanne et Rose leur apportent des nouvelles des foyers d'enfants, ils veulent les aider, c'est normal que ces petites retrouvent leur père. Mais eux, ils sont libres, et ensemble. Pourquoi prendre le risque de se faire repérer en tentant un voyage en train, ou en voiture, pendant lequel ils seront contrôlés, et se retrouver arrêtés et séparés ? Ainsi l'appartement de la rue Eugène-Sue accueille toutes les manœuvres d'Andrée et de ses sœurs, ses habitants prennent dans leurs plumes toute la poussière d'excitation, d'espoir et de liberté qu'elles apportent dans leurs allées et venues, mais ils restent chez eux. Ils leur laissent stocker dans l'appartement des vêtements, des livres de classe, ils font savoir à des contacts qu'ils estiment suffisamment sûrs, au péril de leur vie, qu'ils cherchent une bonne âme pour faire passer les gamines en zone sud quand elles auront enfin réussi à se réunir. Ils se tiennent prêts pour elles. Quant à eux, ils resteront.

Le dimanche 15 août 1943, deuxième année consécutive qu'à la fête de la Vierge on rafle les petits enfants, Andrée frappe discrètement à leur porte. Les meubles reprennent place dans l'appartement qui sera pillé par les envoyés de Drancy, la table est dressée pour le goûter, la mère, Etka, va et vient pour accueillir les invités, pleine de la fatigue impériale de son début de grossesse, trois mois tout juste, à peine si cela se voit, enfin tout est prêt, elle décide de s'asseoir. L'oncle la rejoint dans le salon, il redescend l'escalier qui fera de lui un rescapé, un veuf, et l'unique parent de l'enfant à naître. Quand Andrée entre, elle est heureuse de retrouver ses cousins, on entame le gâteau sans attendre les deux cadettes qui sont en retard… Puis on frappe à la porte, à nouveau, un chaos de pas qui semblent plus nombreux que ceux qu'on espérait. Ce jour-là, Jeanne et Rose sont escortées par leurs « correspondants », ces hôtes du dimanche qui sont sur des listes et en réfèrent à l'UGIF pour les allées et venues des enfants. Elles n'ont pas réussi à s'en débarrasser. Ce débarquement est une catastrophe, et doit terrifier les Feld jusqu'alors oubliés par l'organisation. Andrée accueille ses sœurs, fait mine de se réjouir de cette réunion et dit à leurs chaperons qu'elles sont venues voir leurs cousins Ida et Charles, et combien c'est merveilleux d'avoir permis à Jeanne et à

Rose de les rejoindre. Quelle joie de pouvoir réunir toute la famille, pour une fois. Merci à elles. Le soir dans son journal, elle écrit : « Tout est gâché. » C'est leur première tentative d'évasion manquée. Plus loin, Andrée ajoute : « Mais nous nous échapperons de cette prison. »

Le samedi 21 août, Andrée vient de nouveau déjeuner chez ses cousins. Elle se sert d'une sortie autorisée chez madame Schmidt où elle s'arrête de bonne heure et fait signer son bon de sortie, avant de se rendre chez les Feld. Elle évoque dans son journal une nouvelle concertation avec sa tante : « Nous avons discuté au sujet de la prochaine évasion. » Le plus difficile reste à faire : exposer à ses sœurs le plan d'évasion. Après le repas, elle prend les petites rues qui s'étirent entre Barbès et Montmartre et arrive en dix minutes à Lamarck. L'entrée sous le mur aux dents de verre est gardée par le colonel Kahn en personne qui la reconnaît et qui, en cette belle après-midi du mois d'août, se paye la gentillesse de la laisser entrer : « Après un beau sourire et un gracieux bonjour au colonel, j'ai obtenu la permission de voir mes petites sœurs. » Elles sont peut-être déjà dans la cour, en train de jouer à l'endroit où se trouvent aujourd'hui des équipements pour les enfants du centre, un mammouth-balançoire sur ressort, un toboggan, et une locomotive rouge avec des sièges. De là, Jeanne et Rose aperçoivent Andrée en train de parler à Kahn et craignent qu'il ne la laisse pas passer, puis la voient entrer et se précipitent dans ses bras sous l'œil du colonel qui peut se féliciter de sa bonne action. Il fait chaud et les sœurs réunies s'installent sous le grand catalpa qui est toujours devant le bâtiment et qui leur offre son cadre de cérémonie, ombre dense et voûte profonde à laquelle pendent des gousses longues comme des chandelles. Elles s'assoient dessous, le plus près possible les unes des autres, et en tailleur. Andrée sort de ses poches et fait passer les chewing-gums que lui a donnés madame Schmidt – des bonbons collants qui viennent d'Amérique et qui commencent à se répandre, indicateur sûr mais intraçable de la présence alliée qui commence à se savoir dans toutes les marges de cette prison à ciel ouvert qu'est devenue la vie. Kahn en les voyant fronce les sourcils mais ne peut rien, d'ailleurs il faut qu'il parte bientôt. Les chewing-gums ont tendance à énerver les partisans de l'occupation ou tous ceux qui se trouvent bien avec elle, car ils révèlent la multiplication d'adversaires invisibles, laissant traîner ces preuves collantes. Les chewing-gums se répandent dans la population sans aucun remède possible, ils tombent des poches des parachutistes anglo-saxons et rebondissent partout sans qu'on puisse sérieusement repérer et mettre les menottes à qui organise la contrebande de gomme à mâcher vers la capitale. L'autre jour, Kahn revenant de sa tournée entre les foyers de la banlieue a voulu faire une pause dans la cour et, se relevant, est resté le cul – c'est-à-dire sa superbe culotte d'équitation – collé à sa chaise, mais que faire ? Il y a des centaines de mômes qui défilent ici… Vouloir des représailles, ce serait comme de passer en revue tous les culs d'un troupeau après avoir marché dans une bouse de vache. Les petites se regardent en mâchant, jettent un coup d'œil à l'entrée où Kahn s'est fait relayer par un surveillant, puis Andrée prend la parole. Elle cherche une occasion pour retrouver ses sœurs en dehors du foyer et propose le mardi 24 : elle fera semblant d'avoir une rage de dents pour éviter une sortie collective dans la vallée de Chevreuse, ce qui lui donnera une marge d'action assez ample. Quant à ses sœurs – je ne sais pas ce qu'elles sont censées raconter… Le journal ne le dit pas, mais Andrée s'escrime avec Jeanne : « Quelle enfant… », écrit-elle. Elle doit sans cesse la rappeler à l'ordre, « sur le moment, la question la tracasse, puis elle oublie et me parle d'autre chose ». Aujourd'hui encore, quand elle en parle, l'aînée se tourmente de l'étourderie de sa cadette si difficile à mouliner. Quant à Rose, elle écoute avec beaucoup d'intérêt, sans qu'on puisse dire si les consignes qui lui entrent dans la tête restent claires ou lui font l'effet d'un tube de gouache bleue, qu'elle mélangerait immédiatement à toutes les autres couleurs de ses pensées. Rose finit par leur fausser compagnie pour monter sur le portique de balançoires qui est au fond avec d'autres camarades qui ont débarqué. « Tu peux répéter ? » demande Andrée pour la énième fois à Jeanne, mais celle-ci se concentre sur le filament de chewing-gum dont elle a coincé une extrémité dans sa bouche, pour coller l'autre sur son nez. « Bah on doit te rejoindre à la station de métro Blanche », conclut-elle en rembobinant le filament à l'intérieur de sa bouche, puis en rotant, ou quelque chose de suffisamment distrait pour faire écrire le soir à sa sœur : « Mais je m'attends à voir le beau rêve s'écrouler et nous pleurerons sur les ruines du bonheur que nous croyons si proche. »

Le lendemain, dimanche 22 août, Andrée s'offre une journée de vacances. Elle a rendez-vous sous les piles du métro à Barbès avec Willy. Ils vont rendre visite à sa petite sœur Ida qui a été mise dans une maison d'enfants à La Varenne, en bord de Marne. Ida a douze ans. Elle est bronzée, elle porte une robe blanche. Ils se promènent tous les trois le long de la rivière. Il y a des baigneurs, des kiosques où ils achètent des glaces, des gâteaux. Andrée a oublié de prendre de l'argent mais Willy paye tout, et la journée passe trop vite. En fin d'après-midi, ils déposent Ida dans son foyer et prennent le train du retour, ce qui est aujourd'hui le RER A, avec déjà des voitures à étage, et ils choisissent l'étage. Pendant que passent sous leurs yeux les maisons ouvrières, les champs, les barrières des passages à niveau, les forêts, Willy joue de l'harmonica. À une station, des hommes et des femmes déguisés montent avec eux, les hommes sont habillés de robes et de rubans, les femmes en pantalon de zouaves, de mousquetaires, ils s'assoient avec eux et écoutent la musique de Willy. Les deux adolescents se séparent à Châtelet, ils se disent à bientôt. Je ne sais pas combien de fois encore Willy fera le trajet pour voir sa petite sœur. Elle fait partie des enfants raflés le 21 juillet 1944 avec mes petites-cousines, à la maison de Saint-Mandé où on l'a déplacée. Willy réussit à se cacher, et à s'enfuir. Il survit.

Le lundi 23 août, les sœurs Kaminsky ne le savent pas mais Henriette est libérée de la pouponnière de Neuilly et réunie avec ses sœurs à Saint-Mandé. Elle vient de passer six mois, un huitième de sa vie, à ne rien savoir de ce qui l'attend, et ce doit être une silhouette au chant brisé qui se présente devant le 5 rue Grandville. Toujours aussi petite, elle ne grandit pas, les cheveux courts, la colère figée sur sa bouche, elle pénètre dans la cour ornée de palmiers, derrière laquelle l'attendent ses sœurs.

Le soir même, au foyer Vauquelin, Andrée se fait massacrer les joues par ses camarades pour feindre une rage de dents. Elle est envoyée au lit avec des cachets qu'elle ne prend pas et elle est autorisée à se rendre chez la dentiste le lendemain. Juste après le petit-déjeuner, elle file chez madame Schmidt pendant que les autres filles partent se promener. Elle se trouve à treize heures, comme convenu, devant la station de métro Blanche. Elle attend là toute l'après-midi, de plus en plus ratatinée en haut des marches, et repart en chancelant à la fin de la journée. « Je réessayerai », écrit-elle le soir.

Il n'y a aucune note sur le rendez-vous qui permet d'orchestrer la troisième et dernière tentative. Dans les trois jours qui s'écoulent après le rendez-vous manqué à Blanche, les filles ont dû pourtant se voir ou au moins trouver une solution pour se laisser des consignes quelque part, faire passer un message à une surveillante qui aurait été de mèche, par exemple madame Jenny, qu'Andrée mentionne plusieurs fois comme une alliée à Vauquelin. Son journal ne dit rien, mais le plan est le suivant : rendez-vous chez madame Schmidt dans la matinée. Andrée ira pour le suivi de sa fausse dent malade. Jeanne et Rose, elles, devront se joindre à une sortie groupée qui est prévue pour les enfants de Lamarck.

Ensuite, tout va de travers. Les deux petites se mettent à prendre beaucoup trop à cœur le conseil qu'a donné Andrée d'accumuler sur elles un maximum de vêtements, pour ne pas attirer l'attention avec le moindre sac. La canicule est passée, heureusement, mais Jeanne et Rose se perdent en essayages qui foirent. Elles commencent par mettre toutes leurs culottes les unes sur les autres mais Rose se plaint que ça la gratte, les fronces des culottes superposées l'embêtent et Jeanne l'aide à en enlever. Elles ont très peu de vêtements à elles mais justement, ça leur coûte de choisir, et elles ne trouvent pas tout de suite la bonne combinaison de robes qui passent inaperçues sous une autre, de gilets sous le gilet. Elles ressemblent bientôt à deux courtisanes d'opérette, avec des crinolines sous leurs jupons et un dernier pull attaché à la taille, en guise de faux-cul.

Quand elles arrivent dans la cour, les autres filles sont déjà loin et, normalement, il n'y a plus aucune chance qu'on les laisse partir comme ça. Pourtant, une inspiration extraordinaire, une carte de tarot miraculeuse tirée d'une des multiples manches qui composent sa toilette, incite Jeanne à aller voir Kahn dans son bureau du dernier étage. Lui seul a le pouvoir de faire dévier le règlement. Elle pense qu'il fera une exception, et pas deux, c'est pourquoi elle décide de faire attendre Rose dans le couloir. La secrétaire n'est pas là. Quand elle entre dans le bureau, les volets sont baissés et dans cette semi-pénombre le visage du colonel paraît blanc comme de l'os, elle commence par reculer. Mais en la voyant, celui-ci la fait entrer et asseoir en face d'elle, à son bureau, sur un fauteuil d'où ses pieds ne touchent pas terre. « Tu veux quoi ? » lui demande-t-il. Jeanne a du mal à parler. Elle est suffoquée à l'idée que Rose pénètre dans le bureau pour voir ce qui se passe, lui venir en aide avec l'à-propos d'un rabbin circonciseur au milieu d'un colloque nazi. Après avoir toussé trois fois, elle veut se lancer dans une supplique que Kahn interrompt en levant la main comme s'il voulait la gifler. « Tu vois ce portrait ? » dit-il en attrapant une photo encadrée sur son bureau, et la lui tendant : un jeune militaire souriant qui ne lui dit rien du tout. « C'est mon fils. Il est mort en Corse, je l'ai appris ce matin. » Sa bouche reste ouverte après ce mot, le fond de sa gorge a l'air de saigner et de gargouiller à la fois, d'avoir besoin de se rafraîchir. « Il avait vingt et un ans », ajoute-t-il. Le silence s'installe à nouveau et Kahn se perd dans ses pensées. Jeanne entend alors un son de boîte de conserve suivi d'un frottement de couvercle qu'on ouvre, un *poc* qui se prolonge en sifflet, dans une odeur herbeuse et macérée montant de sous les fesses de Kahn comme après un coup de bêche. Elle prie pour qu'il ne l'accuse pas d'avoir commis son propre pet, et se met à regarder la surface argentée de la photographie avec un surcroît de concentration. Préoccupé uniquement du portrait de son fils et de l'intérêt qu'il peut susciter, le colonel se montre ignorant de sa propre odeur. Il inspire à fond et tapote sa poitrine, ouvre sa veste pour en sortir un de ces Romeo y Julieta en parchemin marron qu'il a l'habitude de fumer, puis un briquet, aussi luisant que la photo, et un coupe-cigare. Maintenant, Jeanne prie, plus intensément encore que tout à l'heure, parce qu'elle a entendu que les pets sont très inflammables, elle a peur pour sa vie, ou celle de Kahn, dont dépend son autorisation de sortie. Le colonel tranche le bout du cigare : « Tu veux quoi ? » Il l'allume longuement et se met à gonfler ses joues avec la fumée. Jeanne se concentre sur tout ce qu'elle trouve pour avoir l'air calme, toute l'échelle minuscule de l'être humain qui est devant lui et le rend gigantesque, les pores de sa peau, les lunules et le bord de ses ongles entre lesquels passe le cigare, les poils de son nez qui souffle la fumée. « Qu'est-ce que tu fais dans mon bureau ? » Jeanne croit entendre les jupons de Rose dans le couloir, où le parquet craque, elle explique : « J'étais en retard pour la sortie chez la dentiste. J'ai mal. » Elle montre sa joue qu'elle a pincée avant d'entrer mais que le colonel ne regarde pas. « Est-ce que je peux rejoindre les autres ? » dit-elle en posant son bon de sortie sur le bureau. Satisfait de la compassion exprimée pour son fils, Kahn signe le bon individuel, qui doit être contresigné par madame Schmidt.

Quand elles arrivent devant le cabinet de la dentiste, Andrée n'est déjà plus là. Ayant vu le groupe des enfants de Lamarck arriver sans elles, elle est repartie. Comme il n'y a pas d'entrée dans son journal entre l'échec du 24 et la réussite de ce 28 août, je ne sais pas si la décision que Jeanne va prendre est due à un raisonnement qu'elle tient à la hâte, une autre carte dans une autre de ses manches, ou à une alternative qu'elles ont concertée avec leur aînée. Constatant qu'Andrée est partie, Jeanne prend Rose par la main et se précipite hors du foyer. Elles longent à toute vitesse le trottoir où elles ont vu le bus de la rafle s'arrêter en février. Elles se précipitent sur le boulevard de La Chapelle, remontent Barbès, tournent à gauche. Un quart d'heure plus tard, elles sont dans le salon d'Etka et Abraham rue Eugène-Sue, où Andrée les attend, désespérée. Elles sont réunies. Elles ont réussi leur coup.

On est samedi, il y a un peu moins de personnel que d'habitude dans les foyers, mais l'oncle et la tante ne veulent pas qu'on les cherche trop longtemps. Ils ont pris des dispositions et le soir même, une passeuse, une femme de l'âge d'Etka, les emmène toutes les trois gare de Lyon, et monte avec elles dans un train en direction de Limoges, pour qu'elles puissent retrouver leur père.

Après le départ de leurs nièces, Etka et Abraham restent à Paris et, le 1er février, Etka donne naissance à une petite fille qu'ils appellent Jeanine. À cette date, la traque des personnes juives est devenue à ce point systématique que Jeanine est mise en nourrice à peine sortie du ventre de sa mère, le lendemain ou le surlendemain, je ne sais pas, très vite après. Cela fait des mois qu'à Drancy les femmes qui sont au terme de leur grossesse accouchent sur place et sont déportées avec leurs bébés, huit mois que la police de Drancy a raflé entièrement l'hôpital Rothschild, y compris les femmes enceintes, ainsi que celles qui viennent d'accoucher, et leurs bébés. Cela explique que les parents se séparent immédiatement de la petite, pour la mettre dans le quartier chez une femme non juive qui accepte de veiller sur elle, à quelques rues de chez eux. Etka, Abraham, Ida et Charles s'organisent pour lui rendre visite aussi fréquemment que possible, et le 11 février, Etka est en route avec les deux aînés pour aller la voir. Elle doit marcher vite et un peu maladroitement, le grand cadre de sa silhouette déstabilisé par l'absence du bébé, la sensation du ventre qu'on a dépossédé, l'air qui soutient à peine. Elle cherche la main d'Ida et de Charles de temps en temps, ils sont grands pour ça mais eux aussi ils viennent de là et il est bon de se tenir à eux, à leurs épaules, à leur chaleur, pour ne pas faire durer ce chemin où les regards sur elle semblent fuyants ou dangereux.

Abraham est interpellé dans ce laps de temps. Il y a cette histoire de manteau, donc les « piqueurs » ont dû le faire appeler par le concierge dans un premier temps et ça le sauve, il demande s'il peut remonter pour se vêtir avant de les suivre et dans l'escalier, il décide qu'il ne va pas redescendre, se cacher. Il pense que dès qu'il les retrouvera, il cherchera un moyen pour disparaître avec Etka, Ida et Charles. Mais ils ont déjà été arrêtés. Dans les heures qui suivent, ils arrivent à Drancy. Dans les jours qui suivent, ils sont déportés et assassinés à Auschwitz. Abraham reste seul avec le bébé.

Les sœurs Kaminsky ont chacune une manière différente d'expliquer le fait qu'elles ne soient pas parties avec les sœurs Korman. Leurs propos respectifs permettent seulement de deviner un territoire commun de désolation, bien trop vaste pour être contenu dans leurs silhouettes de sept, dix et quatorze ans, et qui se serait étendu, modifié avec l'âge. Un marais depuis les rives duquel, si elles se regardent, elles ne se reconnaissent pas.

Jeanne, chargée de l'évasion depuis Lamarck et du pilotage de sa trop rêveuse cadette, à qui il faudrait lester les poches pour pouvoir la surveiller et la garder à terre, ne livre pas ses propres pensées sur ce sujet. Dans un mémoire qu'elle a déposé à la bibliothèque municipale, elle fait part de la préoccupation exprimée par leur père pour les petites Korman dès leur arrivée en gare de Séreilhac. D'après Jeanne, « la première chose » qu'aurait demandée Max est : « Où sont les petites Korman ? », ou : « Elles ne sont pas avec vous ? » On était le jour d'après la fugue, on était mille ans après, dans cette bourgade qui n'était déjà plus en « zone libre » mais simplement en « zone sud », et Max voyait débarquer ses trois filles. Autour d'eux se formait le paysage d'une pastorale austère, paysans, curés, camp de travailleurs étrangers, fugitifs en tous genres – Jeanne pense avoir vu, sur le quai de la gare à Limoges, passer les sœurs Lina et Sarah Loczinski, celle qui avait un tutu rose le jour de Hanouka, au foyer Lamarck. Il pleuvait à Limoges mais peu à peu les couleurs sont sorties de leur détrempe, ont révélé leurs tons chauds de fin d'été. Max avait des autorisations d'aller et venir depuis le camp de travail où il devait faire des travaux agricoles gratis, avec d'autres étrangers à qui on faisait comprendre qu'ils devaient s'estimer heureux de s'en sortir comme ça. À l'arrivée de ses filles, il a réussi à louer pour elles un deux-pièces dans le village, avec des lits garnis de paillasse. Il passait les voir en fin d'après-midi, ensuite il devait rentrer dormir au camp. Pendant le mois de septembre, les filles ne bougent pas beaucoup du village, elles se sentent comme des convalescentes, trois petites tuberculeuses qu'on a mises au vert. Max essaye de leur changer les idées, le week-end il les emmène en promenade, cueillir des mûres sur les haies, derrière la voie ferrée. Il les invite au camp certains soirs où les internés font des fêtes. Il évite de leur parler tous les jours de leur mère, même s'il leur a montré le bocal de cerises à l'eau-de-vie qu'il a préparées pour son retour. Dans cette saison de fauche et d'attente, où chacun recompte et fait réserve de ses forces, dans cette lumière si dense qu'elle semble réinventer les contours, le parfum, les voix de ses trois filles, est-ce que Max a vraiment le cœur de leur demander ce qu'elles pourraient savoir encore sur celles qui ne sont pas là ? Est-ce qu'il les interroge souvent sur celles qui sont restées à Paris, dans un monde qui chaque jour doit paraître plus irréel, minéral, et gris, une coulisse dont le simple souvenir, s'il s'ouvre, peut vous faire chuter ? À la fin de septembre, Max inscrit ses filles dans une école privée à Beynac, une institution catholique où les bonnes sœurs qui ont tout compris ne posent aucune question, ne formulent aucune réserve, et embarquent les gamines dans un théâtre de normalité et de paix.

Rose, dans une archive vidéo, propose un autre récit des circonstances de l'évasion. Sur le rendez-vous presque manqué chez les Feld, sur le voyage en train, et l'arrivée dans le Périgord, les détails ne changent pas, elle est d'accord avec ses aînées. Elle parle d'une voix claire sur le fond noir du studio de l'interview, son visage incroyablement stable après ces décennies qui lui ont conservé son contour carré, son regard noir et franc semblable à celui capturé dans le studio de Géraldine, et semblable à celui du studio à Montargis, un jour de la fin des années 1930. Piochant les mêmes feutres que ses sœurs, les mêmes tampons encreurs des souvenirs d'enfance, elle raconte la hantise du Docteur à Poux, les vols des surveillantes, les séparations, le goût des crèmes au chocolat. Et comment elle a failli saboter le plan de ses aînées avec sa joie et son désordre de benjamine, son aura d'étourdie. Dans cet entretien, elle fait part d'un autre souvenir. À un moment, sans nommer les sœurs Korman, elle se met à parler des « autres petites filles » qui étaient avec elle et ses sœurs depuis la prison de Montargis. Elle dit qu'elles étaient dans un autre foyer et, malgré cela, elle ajoute qu'elle et ses sœurs leur ont proposé de s'enfuir ensemble. « On leur a dit de venir avec nous. » Elle ajoute : « Mais elles n'ont pas voulu. Elles venaient d'arriver dans cette maison, qui était mieux. Elles ont dit qu'elles allaient rester. Qu'elles étaient heureuses comme ça. » Aujourd'hui, à cause d'une maladie qui trouble sa mémoire, il n'est plus possible d'interroger Rose sur les petites Korman, les souvenirs qu'elle a d'elles, et de ces adieux.

Quant à Andrée, elle parle de la passeuse recrutée par les Feld, qui devait faire croire qu'elle était leur tante et connaître par cœur leurs dates de naissance. Elle sent encore le faisceau de la lampe sur son visage, quand le train où elles voyageaient s'est arrêté à Vierzon et que les Allemands ont hésité à la contrôler – Andrée paraissait plus que ses quatorze ans et si elle en avait eu quinze, elle aurait dû montrer ses papiers – mais le faisceau a quitté son visage et les Allemands sont repartis. Elle me reparle des Feld, arrêtés en mars. À propos de ce que dit Rose dans la vidéo, sur les petites Korman restées à Paris, elle commente avec tristesse : « C'est pas possible. » Et puis : « Elles étaient déjà à Saint-Mandé, on n'avait pas pu aller les voir, donc c'est quelque chose que Rose a pensé, certainement, mais c'était pas possible puisqu'on ne pouvait pas se rencontrer et dire ça. » Et enfin : « Vous savez, ça montre le degré de lien qu'on avait ensemble. On était vraiment comme des sœurs. Je sais pas si c'est une consolation… »

Le train quitte Vierzon. Les filles s'endorment enfin sous la lumière bleutée de la veilleuse, près de la pseudo-tante et d'un autre passager qui partage leur compartiment. J'ignore si la passeuse qui est avec elles officie une seule fois, pour ces trois petites, ou si elle aura conduit sur la bonne rive beaucoup d'autres gamins. Les questions roulent dans l'obscurité, dans un bruit de ferraille cher aux fantômes, entrecoupé de sifflets, de grincements, puis s'effacent dans un silence de plus en plus sûr, une aube de campagne qui mouille l'herbe et les parois du train. Cette nuit les porte à des années-lumière des filles Korman.

Un matin, les filles Kaminsky retrouvent leur père et partent avec lui s'installer au village, à quelques kilomètres de Limoges. Elles commencent une année de retrouvailles et d'attente avec Max qui ne se résout pas à être veuf, qui attend sans cesse des nouvelles d'Hélia. Qui partage ses journées entre les travaux forcés au camp et ses trois petites, dans l'appartement de Séreilhac puis au pensionnat catholique de Beynac où il les confie. Il vient les voir à vélo, en leur apportant pour le goûter des gâteaux et des brioches qu'il confectionne lui-même, et qu'il fait cuire dans le four du boulanger à Séreilhac. Le pensionnat Saint-Jean-Baptiste accueille des petits paysans et d'autres enfants du coin, ainsi que des nouveaux venus, des enfants juifs sans que personne le dise, mais aussi la fille d'un milicien. Elles apprennent l'anglais et l'histoire sainte. Elles entendent parler de maquisards qui sont dans le coin. Elles entendent parler de rafles, dans la région, et dans le camp de GTE de leur père. Ce jour-là, Max n'y était pas. Mais un avocat allemand, monsieur Mannheimer, avec qui Andrée avait sympathisé, est déporté. Au pensionnat, elles se lient avec la cuisinière, une réfugiée espagnole, veuve de vingt-neuf ans, qui est là avec ses deux filles. Elles ont pour loisir la visite de l'église, qu'elles sont tenues de faire deux fois par jour, et la cueillette des champignons, cèpes et girolles. Elles aiment ramasser des châtaignes et les cuire, un régal. Aller chercher le lait à la ferme, dans des petits bidons d'aluminium.

Depuis leur vie de châtelaines, de fermières, de bonnes sœurs, elles n'ont plus aucune nouvelle des opérations militaires, des événements qui se profilent en mer et sur le ciel. Elles observent, dans la première semaine de juin 1944, la directrice qui décroche tous les portraits du maréchal Pétain. Trois jours plus tard, Max arrive affolé sur son vélo, parce qu'on lui a dit que Beynac brûlait – en fait c'est Oradour-sur-Glane, à trente kilomètres au nord. Le père d'une de leurs camarades meurt dans l'église incendiée, avec les autres victimes de ce crime de guerre qui devient le début d'une longue série, ouvre un temps de meurtres de pure vengeance. Max laisse passer l'été de la Libération. En septembre, il décide de rentrer avec ses filles à Montargis.

Le 23 août 1943, veille de la deuxième tentative d'évasion manquée des sœurs Kaminsky, Henriette est autorisée à rejoindre ses aînées à la maison de Saint-Mandé. Un nouveau règlement, le besoin de libérer une place pour plus jeune qu'elle, un acte de bienveillance pour leur fratrie – je ne sais ce qui préside à ce changement, mais elle quitte enfin son isolement dans la pouponnière de Neuilly, qui aura duré six mois. J'imagine que pour ses sœurs et pour elle, son arrivée doit être une fête. Vivre sous le même toit après tout ce temps leur offre un soulagement immense. Elles retrouvent un peu le sentiment d'un foyer.

Dans une lettre aux Laborieux datée du 4 septembre, Mireille dit qu'elle et ses sœurs vont bien, qu'elles sont en bonne santé. Elle demande de nouveau un peu d'argent de poche pour faire des cadeaux aux surveillantes, ce sera bientôt l'anniversaire de l'une d'elles et dans un mois l'anniversaire d'une autre, elle veut leur faire plaisir – par amitié ou parce que cela vaut mieux, parce qu'une telle « s'occupe très bien » des pensionnaires ou pour ménager leur gentillesse, après tout la différence est fine comme cette feuille de papier sur laquelle Mireille écrit et qui risque d'être lue par le personnel, et l'épistolière ne précise pas. La lettre numéro 6 est assez courte. Elle ne contient pas grand-chose de neuf par rapport à celles qui précèdent, à cette énorme différence qu'elle se termine par les signatures des trois sœurs réunies : Mireille, Jacqueline et en troisième Henriette. Le prénom d'Henriette attire l'œil parce qu'il est tracé d'une main qui n'a pas encore absorbé l'écriture, il est tout en jambages, en ponts et en boucles qui montent et qui descendent, et nous apprennent que la petite dernière a réussi à signer toute seule.

La lettre 6, aux trois prénoms réunis, est aussi la dernière que nous possédions. Ensuite, il existe une photo de classe, en date du 18 décembre 1943, où figurent l'ensemble des pensionnaires du foyer, vingt filles – groupe qui évolue sensiblement entre leur arrivée et la rafle, avec d'autres départs et arrivées, d'autres regroupements de fratries, dans l'établissement qui a à peu près cette capacité : vingt enfants. À cette époque, l'usage veut que les écoliers croisent les bras sur les photos, une façon d'avoir l'air sérieux, et les filles pour la plupart ont les bras croisés soit dans leur dos, soit devant elles. Elles portent toutes l'étoile jaune sauf celles, selon la règle en vigueur, qui ont six ans ou moins. Jacqueline et Henriette assises au premier rang ne l'ont pas, Mireille, qui est debout, au troisième et dernier rang, la porte au revers de son gilet. Elle sourit d'un air assez pâle et assez navré. Jacqueline, très joliment vêtue, avec une robe à carreaux et un gilet clair, et des bottines bicolores, jette un regard mécontent, sur un sourire ironique. Près d'elle, Henriette, pile au milieu du rang, est incroyablement plus petite que toutes les autres. Ses jambes se balancent sous le banc sans toucher terre. Elle est une des rares à n'avoir aucun ornement dans ses cheveux, qui sont courts, avec une mèche qui lui chatouille le coin de l'œil – il n'y a guère que la petite Denise Lemel, un peu plus loin sur sa droite, pour avoir les cheveux plus courts encore, elle a dû être massacrée de fraîche date par le Docteur à Poux. Henriette, en blouse blanche, bras croisés, a coincé ses mains sous ses aisselles, elle rentre les épaules dans son cou et hausse les sourcils. On dirait qu'elle est désolée pour celui qui doit faire la photo et, par-delà son épaule, désolée pour tous ceux qui regarderont le portrait de leur groupe. Sur l'ensemble des filles qui sont là, trois ne sont pas identifiées. Cinq vont réussir à prendre la fuite pendant l'année qui suit. Douze, sur lesquelles une seule survit, sont raflées et déportées en juillet 1944.

La lettre de Mireille, la photo de classe. Voilà, en tout et pour tout, ce qu'il reste du séjour des sœurs Korman au foyer de Saint-Mandé, qui aura duré un an et un mois, c'est-à-dire le double du temps passé avec les sœurs Kaminsky. Un quart de la vie d'Henriette.

Reste aussi le lieu. Au 5 rue Grandville, on peut voir encore aujourd'hui la « maison de naissance » où furent enfermées la vingtaine de filles affectées par l'UGIF. Murs blancs et brique, toit d'ardoise, et devant le portail couvert de lierre, un fouillis d'arbres qui vous emmènent loin, un figuier, deux platanes, un palmier de Chine, et des bambous, qui étaient déjà devant les fenêtres des filles vu leur ampleur, vu leur taille.

En arrivant là, sous la voûte d'arbres, Jacqueline et Mireille, puis Henriette, ont pu faire une rencontre qui les a transportées de joie. Devant la porte se tient Thérèse Cahen. Campée dans sa force, sa tendresse aux grandes mains. Ses yeux aux cernes bruns qui plaisantent, et portent au grand jour les joies et les errances de l'insomnie pleine de fumée, de musique. Justement, elle est en train de fumer une cigarette sur le perron avec Salomon Dubowsky, qui l'assiste dans la gestion de la maison – il veille sur la scolarité des internées. Il a des lunettes rondes, des cheveux noirs, des costumes chics, la photo laisse penser à un homme chaleureux, blagueur. Et quelque part dans les étages, il y a le directeur, Sam Majdar, qui est aveugle, et qui bientôt laissera les clefs de toute l'affaire à Thérèse et Salomon, le tandem tabagique.

Avant, une petite maternité, aujourd'hui un hôtel particulier où, d'après toutes les rumeurs, vit et travaille un chanteur populaire. A-t-il acheté, en même temps que les murs, le piano de Thérèse ? Que joue-t-elle pour les filles qui sont là ? J'espère qu'elle a recommencé à composer, écrit la suite de ses mélodies romantiques. Je pense qu'elles sonnent à la perfection sous la végétation tropicale, et dans la rue tranquille. Quand j'arrive là, un jour d'automne qui a fait roussir les platanes, je suis accompagnée dans ma promenade par le piano de Philip Glass, c'est ça qui passe dans mes écouteurs, une musique dont la vitesse est incompréhensible pour une telle quantité de douceur, humide et pulsative. Sans jamais effacer l'objet mécanique, son polygone de laque et de cordes, les vieilles mains le transforment en eaux mouvantes, en profondeurs et en espaces. Le nom du morceau, « Mad Rush », nous dit littéralement que c'est une fugue, et si elle est « folle » ce doit être parce qu'elle est de celles que Thérèse a initiées pendant son séjour ici, elle est de nature à accompagner les pas des deux gamines, Sabine et Georgette, dont elle a organisé patiemment la sortie en trouvant les adultes complices, les occasions, et les hôtes à l'arrivée, pour les prendre en charge jusqu'à la fin de la guerre. Trois autres filles parviennent à s'échapper sous son regard fatigué et confiant, qui dit ce qu'elle n'a pas le droit de dire mais qu'elle avait écrit en février 1943 dans la lettre à sa sœur : « Se sauver au lieu de rentrer chaque soir. »

Je ne peux pas pénétrer dans la maison de l'artiste. Je reste devant le portail, à écouter la musique de Glass dans mes écouteurs comme si elle s'échappait de la maison. J'attends je ne sais quoi, qu'une gamine ouvre une fenêtre et se penche pour me regarder. Qu'un bébé naisse encore dans ces murs et hurle en prenant sa première respiration. Que deux sages-femmes paraissent sur le perron, épuisées par leur nuit de garde, et viennent s'asseoir en buvant un café sous le dais ombre et or des arbres tropicaux. Finalement s'ouvre le portail de la maison d'à côté, et une lycéenne sort, en baskets, sac à dos, on bavarde. Elle connaît l'histoire du lieu. Elle porte le même prénom que moi. On bavarde encore. Elle me confirme que l'hôtel particulier appartient à l'artiste dont je connais par cœur une bonne quantité de chansons, et je me mets à espérer avec une foi de groupie qu'il ait véritablement acheté le piano de Thérèse. Ce piano, il serait resté tapi comme un chien au rez-de-chaussée, enroulé et luisant dans sa fourrure, inamovible. Il aurait été vendu avec les arbres qui vieillissent et s'étoffent dans la cour. Qu'au moins quelques chansons s'inventent encore sur sa vieille carcasse.

Depuis le 5 rue Grandville, en quelques pas on débouche sur le bois de Vincennes. Je passe une première frange d'arbres, hêtres et marronniers qui me ramènent en une saison, en un pays, plus familiers. Les chemins frémissent de feuilles mortes, ça sent la terre mouillée, mes pas sont attirés dans ces allées aussi sûrement que dans une maison connue dont j'aimerais l'écho et le parfum, dont chaque pièce offrirait une tiédeur parfaite. Je suis là comme si j'y avais déjà vécu. Je suis dépassée par des joggeurs, des cyclistes. Au bout de quelques mètres apparaît la rive d'un lac avec un petit square. C'est juste sous le talus où je marche, et je descends avec une joie dont j'ignore la source. Des colverts picorent les berges mouillées, les tiges de bambou. Ils glissent en fouillant dans leurs plumes et repartent en secouant leurs ailes, haussant le cou. Je m'arrête près de l'aire de jeux avec ses filets d'escalade, ses animaux-balançoires. On est en semaine et le fortin en bois est gardé par un enfant seul, au capuchon rouge. Il surveille les accès aux douves, par échelles et par toboggan, en disparaissant le plus souvent possible derrière la palissade supérieure – le bout du capuchon émerge et rentre sans cesse, en quête d'ennemis discrets. Je continue ma balade, le long de l'eau. La terre sablonneuse sous mes pas, les bancs en bois vert, les odeurs de mousse et de sève de ce mélange d'arbres aussi composé qu'un décor de théâtre – je connais tout. Ici, c'est le bois inversé de mon enfance. Un décalque à peine modifié des souvenirs semés à l'autre bout de Paris, dans un même environnement tranquille et cossu, le bois de Boulogne parcouru en poussette, à pied et à vélo, avec mes parents ainsi qu'une dalmatienne nommée Mata, témoin des années de célibat de mon père, et qui s'était muée en gouvernante d'une increvable dévotion à l'égard de ses deux petites filles. Des souvenirs doux, sous la protection des arbres. Pendant un an, les filles Korman ont pu venir ici avec leur amie Thérèse Cahen, qui avait choisi de les accompagner tant qu'il le faudrait, de les faire échapper dès qu'elle le pourrait. Elles ont pu se retrouver toutes les trois et vivre, pendant onze mois, dans un environnement stable, sous un toit qui avait pour elles un peu d'amitié. Si bien que les paroles rapportées par Rose, qu'elle n'a jamais pu entendre, auront eu peut-être un peu de vérité : elles ont pu être heureuses, ici. Savoir comment serait le lendemain, se promener, apprendre. Au moins un bonheur d'oubli, de feinte. Le lac artificiel forme une ellipse autour d'une petite île hirsute, qu'on rêve d'atteindre en barque. Son eau lourde et noire me fait penser au livre de mythologie offert à Andrée, au chapitre « Léthé » : « À la fin de notre excursion dans le séjour de la Douleur et du Châtiment, nous arrivons sur les bords du Léthé. L'eau de ce fleuve qui coule lentement possède une propriété souveraine : en boire, c'est oublier ! Oublier les peines et les chagrins de l'existence, n'est-ce pas la véritable félicité ? » Elles ont pu boire ici de cette eau qui apaise. Mais, à la relire, j'en veux aussi à cette définition pour son atmosphère de catéchisme, de renoncement. Ce sont des choses qu'on dit à des enfants qui doivent rester bien sages.

Alois Brunner est mort en décembre 2001. Il a atteint la rive du nouveau millénaire dans les séquelles du 11 Septembre dont il n'a peut-être pas entendu parler, depuis l'endroit où il était. La même année, six mois avant, l'ancien commandant du camp de Drancy aura fait l'objet d'un procès par contumace où mon père a été avocat d'une des parties civiles, comme il l'avait été au procès Barbie. D'après ce que j'ai lu des comptes-rendus d'audience, et d'après mes conversations avec lui, il est intervenu en particulier pour faire remarquer que l'absence de Brunner à son procès représentait pour la diplomatie française au moins un échec, si ce n'est une négligence plus concertée. « Comment peut-on penser que l'État français ne soit pas capable de récupérer cet homme ? » a-t-il demandé aux juges. Et, dans des propos rapportés par un journaliste : « On a réussi à faire venir Klaus Barbie, qui était en Colombie. Je pense à d'autres criminels, pour d'autres périodes et d'autres crimes. On a réussi à faire venir Carlos. On a réussi à faire venir Alfred Sirven. » Et plus loin : « Il m'apparaît évident de constater que la France a mis moins de conviction à poursuivre Brunner. »

Brunner est mort à force d'épuisement et de cris dans la cave d'un immeuble de Damas où il était enfermé depuis une dizaine d'années. C'est ce qui ressort des témoignages recueillis en 2017 par deux journalistes ayant écumé les camps de réfugiés où cohabitent combattants et civils, victimes et bourreaux, ainsi que d'autres lieux de fragmentation de la guerre civile syrienne dont Brunner a été un ancêtre, un maître reconnu. Ceux qui ont enterré son corps selon le rite musulman, qui l'ont enveloppé du linge blanc avant de le mettre en terre dans un cimetière de la ville, pouvaient identifier son corps à certains signes. Les dernières années, sa peau a été entièrement décolorée par l'absence de contact avec la lumière du jour. Une maladie l'a rendue blanche et tavelée, squameuse. À son cadavre, il manquait un œil ainsi que trois doigts de la main droite, à cause des deux colis piégés que lui avait envoyés le Mossad quand il était encore en fonction auprès des autorités syriennes. Son métier, pendant des décennies, à part un peu de business qui a pu arrondir son train de vie mais n'était pas au centre de ses préoccupations, a consisté à former la police secrète du dictateur Hafez al-Assad, père de Bachar, aux méthodes de répression qu'il avait mises au point, pression psychologique, cloisonnement de la hiérarchie, et tortures. La postérité de son enseignement dans la guerre civile syrienne accentue l'impression qu'Alois Brunner est mort à peine hier. Le fait qu'il ait pu échapper à toute comparution en justice le fait mourir en quelque sorte à domicile, avec les moyens de son propre monde.

À Drancy, Brunner a fait tout ce qu'il a voulu entre son arrivée en mai 1943 et sa fuite, en août 1944. Débarrassé de la police française, il a dirigé le camp en s'appuyant uniquement sur les SS qui étaient arrivés avec lui, et sur les internés juifs menacés de déportation s'ils refusaient de servir ses mobiles. Ainsi les « piqueurs », qui viennent chercher les juifs dans leurs appartements, dans les hospices, dans les asiles d'enfants, sont également juifs. Le camp est gardé de l'extérieur par des gendarmes français. Brunner fait tout ce qu'il veut aussi grâce à son CV. À Vienne, lors de son premier mandat de commandement, il a fait déporter quarante-sept mille personnes en trois ans. À Salonique, où il a été muté juste après, il est responsable de la mort de quarante-trois mille juifs grecs en trois mois. Le 9 mai 1943, quand il met dans sa poche la clef de la Muette et emménage avec ses hommes de main, avec ses méthodes et ses chiffres, il a des pupilles dans lesquelles les cadavres entrent et s'effacent sans plus atteindre ni la rétine ni la conscience.

À partir de juin 1944 et du débarquement en Normandie, Brunner a peiné de plus en plus à arrêter des juifs et à former des convois de mille personnes qu'il pourrait déporter. C'est à ce moment-là, à l'approche de la libération de Paris, qu'il a décidé de mettre la main sur tous les enfants qui restaient dans les centres de l'UGIF. Deux nuits sont nécessaires pour faire le tour de tous les centres, à Paris et en banlieue.

Dans certains récits et témoignages de la rafle du 21 juillet, Alois Brunner est présent dans un des deux bus qui maraudent. Il est là en personne pour aller chercher les enfants, mais cette information n'est pas tout à fait sûre. Il n'y a pas eu de compte-rendu de la rafle, et les témoignages ne sont pas tous concordants. Qu'il soit présent sur place pour récupérer les enfants matérialise une autre réalité, qui elle est incontestable : son acharnement à faire des victimes alors que la défaite nazie est acquise.

Donc une simple équipe de « piqueurs » s'arrête devant le 5 rue Grandville, un groupe de juifs internés qui peuvent être livrés aux convois eux aussi du jour au lendemain. Ou bien sont-ils accompagnés de Brunner ? Si celui-ci accompagne la rafle, s'il descend avec eux du bus à chaque arrêt, il doit faire aux enfants l'effet d'un homme à la peau d'un blanc d'os et squameuse, il apparaît dans leurs yeux tel un bonhomme avec un œil crevé, et auquel il manque trois doigts. Les bus de Drancy font le tour de tous les foyers : l'école Lucien-de-Hirsch, le foyer Vauquelin qu'a connu Andrée, les maisons d'enfants à Montreuil, Louveciennes où ont séjourné Jeanne et Rose, et finalement Saint-Mandé où se trouvent mes petites-cousines. Le lendemain, alors que l'information a sans doute circulé, les bus arrivent à rafler l'ensemble des pensionnaires de l'orphelinat de La Varenne-Saint-Hilaire, mais pas ceux de la rue Montevideo, des adolescents qui se sont échappés par les toits. Les enfants de la pouponnière de Neuilly, quant à eux, ont été dispersés par leurs surveillantes. Mais Brunner, aidé par le colonel Kahn, parvient à mettre la pression sur le personnel pour qu'ils soient traqués un par un dans leurs refuges, et amenés à leur tour à Drancy.

Mes trois petites-cousines font partie de la rafle de Saint-Mandé avec les autres filles de la rue Grandville, ainsi que Thérèse Cahen. Le 30 juillet, Thérèse écrit à son élève Jacques Leguerney une dernière lettre depuis la cité de la Muette. Elle est au courant que les autorités juives du camp ont bataillé pour demander des conditions améliorées lors du prochain convoi, dont on sait qu'il comptera plus d'enfants qu'il n'y en a jamais eu. Elle ironise : « En route demain pour une déportation d'enfants modèles avec bonbons, petites paillasses et docteur dans chaque wagon. »

Les Groupements de travailleurs étrangers sont dissous près d'un mois plus tard, le 5 septembre. Aussitôt, Max Kaminsky décide de quitter le Périgord pour revenir avec ses filles à Montargis.

Le voyage, qui dure quinze jours, ressemble à une histoire de Jeanne Montefiore, une histoire que le corps et les cendres de Jeanne auraient continué à écrire après qu'elle a été assassinée, le 20 juillet 1943 à Auschwitz. Le père et ses trois filles se déplacent à pied, en voiture à cheval, en automobile à gazogène. Ils passent par Limoges, puis par une ville qui n'est peuplée que de femmes en noir, Argenton-sur-Creuse, où tous les hommes ont été fusillés par les Allemands. Ils contournent Châteauroux car on leur dit qu'il y a là-bas encore des combats entre les Allemands et les maquisards. Ils passent par Issoudun, Orléans. Ils n'ont pas de valises et ont enveloppé toutes leurs affaires dans des balles de tissu, enfilées sur des bâtons qu'ils portent à deux. Ils marchent beaucoup, ils dorment dans des granges. Les filles sont encore coiffées des chapeaux bretons de leur pensionnat qui sont en fausse paille, noirs avec de larges rubans et de larges bords, on dirait des chapeaux de deuil. Elles ont grandi sans que leur garde-robe soit renouvelée et sont attifées de vêtements trop courts aux bras, aux jambes. Elles ont des brins de paille accrochés aux mailles de leurs pull-overs, des traits de charbon sur les joues et les jambes, ramassés dans les charrettes à foin, imprimés sur leur peau dans l'attente des trains. Trois filles de sept, dix et quatorze ans qui débarquent en gare de Montargis les genoux griffés, sentant le pétrole et le charbon, et qui n'ont pas croisé un peigne depuis quinze jours. Leur père Max, un grand type au visage fermé, aux yeux tristes, la poitrine barrée par la sangle d'un sac de voyage, tient chacune des petites par la main, et la troisième marche devant.

À Montargis, Max et ses trois filles longent les canaux du faubourg et franchissent un pont, puis deux. Ils arrivent tout droit au centre-ville et ils n'hésitent pas, ils vont directement rue Dorée, et s'arrêtent devant une maison de commerçants avec une vitrine pleine de rouleaux de tissu et de mannequins de couture au rez-de-chaussée – le numéro 81. Ils sonnent et ils entrent, ils entrent et restent une heure environ, pendant que nous restons sur le trottoir en compagnie des mannequins sans tête de la vitrine, dénudés par la guerre et les pénuries de tissu, à l'endroit où il y a un peu plus de deux ans de ça, deux ans et deux mois, des soldats allemands sont arrivés et repartis avec trois autres fillettes.

Quand ils ressortent de chez madame Mourgue, Max tient toujours la main de Jeanne dans une main, et celle de Rose dans l'autre. Quant à la grande qui marche devant, Andrée, elle porte contre sa poitrine une petite fille d'environ deux ans et demi. Une petite qu'on a abandonnée non sevrée dans son berceau deux ans auparavant et qui à présent sait parler, marcher, et qui a calé ses jambes autour d'une hanche de sa sœur, et qui serre ses bras autour de son cou.

Mes grands-parents et ma tante, âgée de sept ans, reviennent de Suisse beaucoup plus tard. Ils n'attendent pas la réouverture des frontières et passent clandestinement. Ma tante est sûre de ce passage en douce, parce qu'elle se rappelle avoir franchi un col de montagne avec mes deux grands-parents et que, contrairement à ceux des adultes, elle s'en souvient très bien, ses pas à elle ne s'enfonçaient pas dans la neige. S'il y avait encore de la neige dans les Alpes, dit-elle, ce devait être avril, avril ou mai 1945, pas plus tard. Ils ont fait aussi vite qu'ils ont pu.

Ils vont directement à Paris, et apprennent la déportation des cousines.

Ensuite mon grand-père accompagne à Mulhouse ma tante et ma grand-mère. Puis il décide d'aller à Montargis.

En arrivant, Élie s'arrête d'abord devant l'adresse qu'il savait être celle de son frère, au 51 avenue Adolphe-Cochery, la plus proche en sortant de la gare. C'est une maison au crépi jaune, près d'un mur en pierres sèches bourré d'oiseaux. Élie sait que son frère n'est pas dans cette maison, ni sa femme, ni leurs enfants, mais il y va quand même pour se rendre compte du lieu où ils ont habité et s'attarde sans doute quelques minutes, fait le tour, lève la tête vers l'étage où devaient être les chambres. Il reste dans la cour, à écouter les voix pointues qui sortent de la vigne vierge et des peupliers encore verts, un fouillis de moineaux domestiques et de martinets noirs accompagnés d'une boucle un peu plus onctueuse et plus serrée, qui doit être celle d'une fauvette.

Il s'éloigne, passe deux ponts de pierre, et tout comme Max, un an auparavant, arrive au 81 rue Dorée, devant la vitrine pleine de rouleaux de tissu et de mannequins sans tête. Il entre, il est accueilli et reste assez longtemps dans le salon du premier étage. Anne-Laure Mourgue lui raconte sans doute la dernière visite qu'elle a faite à Paris avec sa fille, et qui lui a permis de voir ses trois nièces, au centre Lamarck. Cependant, je pense qu'elle lui tait ce que sa fille a raconté au téléphone à ma sœur il y a un an ou deux : que l'aînée, Mireille, s'était mise à ressembler à « une petite vieille toute ratatinée », et qu'avec sa mère elles avaient pensé qu'« il fallait les sortir de là » mais qu'elles n'ont pas su comment faire. Mon grand-père ressort seul du 81 rue Dorée.

Il reste une troisième adresse à chercher, celle de Nathan et d'une famille, les Laborieux, qui l'ont hébergé, et qui étaient amis aussi avec la famille de son frère. Élie ne connaît pas vraiment cette petite ville. Il ne s'oriente pas aussi facilement que Max, je ne sais pas comment il trouve l'immeuble ou la maison et moi-même je ne sais pas où est l'endroit.

Mais comme les lettres de Mireille sont la dernière chose que nous possédions, la seule que mon grand-père ait récupérée, je suppose qu'il a cette adresse, ou que quelqu'un en ville la lui donne. Je suppose que madame Laborieux, destinataire de ces courriers, dernière correspondante de mes petites-cousines, l'invite à prendre un café et l'écoute. Élie n'est pas un étranger pour elle puisque c'est le frère de Lysora. C'est un copain d'enfance de leur hôte disparu, Nathan, c'est l'oncle des trois petites. Mon grand-père quitte Montargis avec les six lettres qu'elles ont reçues, elle et ses filles.

C’est une cour arborée, au milieu du 11e arrondissement, avec des sapins, des tilleuls, une fontaine, sous la verticale blanche des immeubles. Il y a un banc en bois et on s’est posées là, avec Andrée, en mettant la poussette tout près de nous pour veiller sur le sommeil de Raphaël. Ulysse ne s’est même pas assis, aussitôt arrivé au jardin il était déjà dans les allées, puis réapparaissait de derrière les buissons et repartait, sillonnant toutes les possibilités de l’espace se trouvant à portée de nos voix et hors de notre vue. Près de nous se sont accumulées des feuilles, des branches, des pierres, qui prouvaient ses visites.

La veille, je lui ai raconté qu’on allait voir Andrée, une femme qui s’était enfuie, quand elle était petite, avec ses deux petites sœurs, parce qu’on les avait enfermées. À ce sujet, Ulysse m’a posé plusieurs questions. Il voulait savoir comment étaient les monstres auxquels elles avaient échappé. Je ne savais pas trop ce qu’il voulait dire et il a précisé : « Est-ce qu’ils avaient des gros yeux ? » Et, devant mon désarroi : « Est-ce qu’ils avaient des grosses dents ? Et un gros zizi ? » Ces attributs semblaient les rendre à la fois terrifiants et ridicules. Ils contenaient toutes les raisons de s'enfuir, et la possibilité d'y arriver.

Quand nous avons franchi sa porte, Andrée nous a fait la liste des nouveaux maux qui la guettent. Son cancer évolue lentement, il fait des métastases nouvelles, ici, là, dit-elle en montrant son ventre, sa poitrine. Il est avec elle depuis que je la connais, vieux crabe qui se déplace partout, qu'on peut chasser, un coup la radiothérapie, un coup la chimie, et qui revient toujours quelque part à petits pas latéraux. Elle se plaint aussi de ses mains, elle a des douleurs aux nerfs qui l'empêchent d'écrire. Ce bilan fait sourire Andrée qui ajoute : « J'ai pas de chance, hein… » L'idée que la maladie, à son âge, puisse relever de la malchance, qu'elle peut donc aussi bien ne jamais se manifester, m'émerveille. Je ne vois pas de pensée plus encourageante.

Quand Raphaël s'est réveillé, Andrée l'a pris sur ses genoux et je les ai photographiés, avec Ulysse à côté d'eux, tenant la canne d'Andrée.

Plus tard, je suis descendue dans le métro avec mes enfants pour rentrer chez nous, retrouver Vincent à qui l'on raconterait ce que nous avions vu, et la journée s'est dissipée dans des vrombissements de voitures, des dialogues imaginaires entre des êtres inanimés, des chutes de livres un à un arrachés à la bibliothèque et dans le rythme mat, à quatre temps, des paumes de mains et des genoux qui traversaient la pièce.

Quand ils ont enfin été endormis, je me suis mise à ranger, et comme chaque soir je me suis retrouvée sur la piste d'un monde dont j'avais une vision très fragmentaire – qui laissait en dépôt des animaux, des pirates, des châteaux, toutes les choses auxquelles les enfants prêtent vie avec un sérieux qui n'a d'égal que leur absence de sérieux, leur capacité à quitter aussi subitement qu'ils ont commencé. Et comme chaque soir, j'ai éprouvé une gratitude immense pour ce sérieux qui n'en a pas, cette façon d'être plus intense, mais aussi plus absente. J'ai eu l'impression qu'elle représentait une chance de survie, un vêtement qu'on met seul et qui protège contre ceux qui voudraient que vous ne soyez pas né, contre le mépris, contre les paroles qui forcent à se mettre à genoux, à être discret, à être méconnaissable, un vêtement qui à tout instant peut se retourner dans sa doublure, pour vous rendre invisible. J'ai pensé au legs des enfants morts, immense et invisible lui aussi, à l'idée que l'histoire humaine qui se fraye à travers les difficultés de l'enfantement, les abandons, les maladies qu'on ne soigne pas, doit compter beaucoup plus d'enfants morts que d'adultes. Que la terre ait pu accueillir beaucoup plus d'enfants morts que d'adultes m'a déboussolée. Je me suis retrouvée dans mon salon au milieu des jouets comme sur une île étrange. J'ai fini de ranger, des ours en peluche, des cubes, des fusées, des insectes, et des livres, des ballons, des bateaux, tout ce qui allait être à nouveau dérangé dans quelques heures. J'ai éteint la lumière en imaginant notre fenêtre disparaissant de la façade de l'immeuble, et cette île disparaissant elle aussi quelques heures, dans un lieu qui ne serait ni l'existence ni la mort.

Table

RÉALISATION PAO DU SEUIL
NORMANDIE ROTO IMPRESSION S.A.S À LONRAI
DÉPÔT LÉGAL : AOÛT 2022. N° 142763-5 (2205597)
IMPRIMÉ EN FRANCE